로크미디어가
유혹하는
재미있는 세상
ROK
MEDIA
로크미디어

이것이 삶이다

이것이 법이다 158

2023년 4월 5일 초판 1쇄 인쇄
2023년 4월 10일 초판 1쇄 발행

지은이 자카예프
발행인 강준규

기획 이기헌 왕소현 박경무 강민구 조익현
책임편집 최전경
마케팅지원 이원선

발행처 (주)로크미디어
출판등록 2003년 3월 24일
주소 서울시 마포구 마포대로 45 일진빌딩 6층
Tel (02)3273-5135 **Fax** (02)3273-5134
홈페이지 rokmedia.com **E-mail** rokmedia@empas.com

값 9,000원

ISBN 979-11-408-0292-0 (158권)
ISBN 979-11-255-9575-5 04810 (세트)

자카예프 장편소설

이 소설은 픽션입니다.
등장하는 인물 및 지명 등은 현실과 연관이 없습니다.
또한 소설 내에 나오는 법이나 법리 해석의 경우에도 대중문학의 극적 전개를 위하여 일부분 과장되거나 변형된 것이 존재하니 실제 법과 혼동하지 않으시길 바랍니다.

CONTENTS

주인이니까

"사기꾼!"

원정미가 주민들을 찾아오자 주민들은 처음에는 당장 죽일 듯 언성을 높였다.

노형진이 상황에 대해 이미 설명해 준 덕분에 자신들이 사기당했다는 걸 알고 있었기에 그들은 그녀를 보자마자 멱살부터 잡아 올리려고 했다.

하지만 원정미를 잡으려고 하던 그들은 멈칫했다.

휠체어에 타고 오는 그녀의 두 다리가 없었기 때문이다.

"자, 진정하세요."

"아니, 진정하게 생겼습니까? 지금 저년이 우리한테 사기를 쳤는데."

노형진은 그 말에 눈을 찡그렸다.

"그걸 해결하기 위해 온 거 아닙니까? 그리고 지금 원정미 씨가 도와주지 않으면 여러분은 땡전 한 푼 못 받고 돌아갑니다만? 괜찮습니까?"

"그건……."

"물론 원정미 씨가 잘못한 건 사실입니다. 그걸 부정할 수는 없죠. 하지만 현 상황을 바로잡기 위해서는 원정미 씨의 도움이 필수입니다. 그걸 거절하실 겁니까?"

그 말에 입주민들은 결국 눈치를 살피다가 각자의 자리에 앉았다.

"다들 진정하시고 이야기부터 들어 보죠."

조원호는 입주민을 대표해서 그들을 진정시켰다.

그가 소송을 시작했고 변호사를 데리고 왔고 심지어 사이가 좋지 않은 사람들까지 모았기 때문인지, 아니면 자연스럽게 일종의 리더처럼 사람들에게 대우받고 있기 때문인지, 그의 말을 들은 사람들은 고분고분하게 노형진의 말에 집중했다.

"일단 조원호 씨에게 이야기를 들어서 상황을 아시겠지만 이건 최근에 생긴 새로운 방식의 사기입니다."

법원에서도 경찰에서도 아직 사기라고 인식하지 못한 새로운 방식인지라 고소한다고 해도 사기로 인정받지 못한다.

"조원호 씨가 말씀드렸겠지만 다른 소송 중인 분도 있다고 들었습니다. 안 그런가요?"

"그건…… 그래요. 하, 씨팔. 변호사한테 갔더니 이건 사기가 아니랍디다."

일단 집을 빌린 건 사실이고 서비스도 제공되었으니까.

물론 그 집이 날림으로 지은 부실 건축물이라 사람이 살 만한 곳이 아니라는 점이 문제지만 계약 과정에 속인 것도 없고, 심지어 직접 보고 직접 계약한 거다.

"문제는, 여러분들은 원정미 씨에 대해 보증금 반환 청구 소송을 할 수는 있지만 처음부터 터무니없는 보증금을 준 상황이고 채권 순위도 낮기 때문에 현실적으로 돈을 받을 가능성이 높지 않다는 거죠."

그 말에 고개를 푹 숙이는 사람들.

그것 역시 이미 알아본 상황이다. 아무리 노력해도 돈을 받을 수가 없는 거다.

"하지만 그건 어디까지나 여러분들 기준입니다. 여기 원정미 씨는 당사자로서 그 돈을 돌려받을 수 있으니까요."

"어째서요?"

"그는 집주인입니다. 그 범인들과 한 다리 걸친 게 아니라 직접적으로 연관되어 있다는 거죠."

"이해가 되지 않는데, 조금 쉽게 설명해 주세요."

남애주의 부탁에 노형진은 고개를 끄덕거렸다.

"일단 그러기 위해서는 원정미 씨가 어떻게 사기당했는지를 아셔야 합니다. 원정미 씨, 이야기 부탁드립니다."

“네…… 사실은…….”

원정미의 말에 따르면 원래 그녀는 쪽방에서 사는 사람이었다. 그것도, 자식이 있기 때문에 정부 지원도 받지 못하고 버려진 채로 죽음만 기다리던 사람.

그때 건축 업자라는 사람들이 와서 2천만 원을 대가로 원정미의 명의를 빌리고 싶다고 했다고 한다.

어차피 죽음만이 남은 그녀에게는 별다른 선택지가 없었다.

당장 그 쪽방의 월세조차도 넉 달째 못 내고 있었으니까.

원정미를 내던진 자식들은 처음에는 월세와 먹을 걸 가져다줬지만 그때쯤부터는 그마저도 해 주지 않았다는 것이다.

“저런…….”

“미친 새끼들.”

자식들의 터무니없는 행태에 다들 기가 막혀 했다.

“자 자, 중요한 건 다음입니다.”

결국 살아남기 위해 원정미는 어쩔 수 없이 명의를 빌려줬다. 그리고 그 후에 일이 어떻게 되었는지는 모른다고 했다.

인감과 위임장을 써 준 후 어찌 되었는지 알아보고 싶어도 그녀에게는 방도가 없었으니까.

그녀의 세계는 그 작은 쪽방이 전부였다.

나중에 소장이 날아오고 나서야 자신의 명의로 집을 짓고 사기를 쳤다는 걸 알았다고 했다.

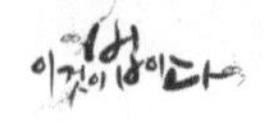

"죄송합니다. 저는 그런 짓까지 할 줄은 몰랐어요."

기껏해야 대포통장이나 대포폰 같은 걸 만들 줄 알았지 이 정도로 큰 사기를 칠 줄은 몰랐던 것.

"여러분들 모두 다 정작 주인은 못 보셨죠?"

"그건 그렇지요."

다들 부동산을 통해 계약했다.

주인이 사정이 있어서 멀리 해외에 있다고 했던가?

"그러면 설마?"

"네, 맞습니다. 이런 사기는 부동산 업자가 보통 같이 엮여 있지요."

"그런……."

그 말에 다들 얼굴에 곤혹스러움이 가득해졌다.

설마 자신들에게 집을 구해 준 부동산 업자까지 한패일 거라고는 생각을 못 한 거다.

"집을 지어 준 사람은 선의의 제3자로서 여러분들과는 직접적으로 연결되지 않은 사람들이기 때문에 여러분들에게 그들에 대한 소송권은 없죠. 명의를 빌려준 사람의 경우는 어차피 돈이 없고 인생 막장인 사람이기에 그냥 배 째라고 나오는 거고요."

실제로 이런 사기가 발생하면 서로 치고받고 싸우지만 그런다고 해결하지는 못한다.

명의를 빌려준 집주인은 돈이 없다며 배 째라고 하니까.

"그래서 제가 원정미 씨의 도움이 필요하다고 한 겁니다."

"하지만 그런다고 해서 뭐가 바뀐다는 겁니까?"

누군가 짜증스럽게 말했다.

그 말에 노형진은 기다리고 있던 서세영에게 신호를 보냈다.

"세영아, 가지고 와 봐."

"응, 오빠."

서세영은 가지고 온 서류를 건넸고, 노형진은 그걸 펼쳐서 벽에 붙였다.

"이게 뭔지 아십니까?"

"뭡니까, 그게?"

"여러분들이 사는 건물의 설계도입니다."

지금 그들이 살고 있는 그 건물의 설계도라는 말에 다들 어리둥절한 표정이 되었다.

'사실 대부분의 사람들이 가장 중요한 핵심을 놓치기는 하지.'

이 사건의 핵심은 사기는 물론이거니와 그 집이 애초에 사기를 목적으로 날림으로 지어졌다는 것이다.

당연히 그 값어치 역시 제대로 인정받지 못한다.

"현행 건축법은 아주 꼼꼼하게 이루어져 있습니다. 대부분의 경우 건축할 때는 법과 원칙에 따라 지어야 합니다. 솔직히 말해서 법대로만 지으면 건물은 아주 튼튼하고 안정적일 수밖에 없습니다."

요즘은 내진 설계에서부터 단열에 방음까지 모두 규정되어 있어서 모든 건축물의 설계도에 반영된다.

"하지만 우리 집은……."

옆집에서 재채기하는 소리까지 다 들릴 정도로 건물이 개판이다.

"맞습니다. 그 건물은 제대로 지은 게 아니죠. 사실 애초에 날림으로 지은 거죠, 사기가 목적이니까."

사기를 치기 위해 짓는 건물을 돈 퍼부어 가며 안전하고 튼튼하게 지을 놈은 없을 거다.

애초에 정상 거래를 통해 짓는 건물조차도 빼돌릴 건 빼돌리고 빼먹을 건 다 빼먹으면서 날림으로 짓는 게 건축사들인데 사기를 목적으로 지은 건물이 멀쩡할 리가 없다.

"그리고 그 집을 짓는 걸 부탁한 사람은 말입니다, 여기 원정미 씨입니다. 일단 계약서상으로는 말이지요."

노형진은 휠체어에 앉아 있는 원정미에게 다가가서 말했다.

"원정미 씨는 신체적 한계로 인해 공사 현장에 접근할 수 없죠. 그래서 위임장을 써 주면서 집을 잘 지어 달라고 했고요. 문제는 그쪽에서 신의성실의원칙을 위반해서 집을 날림으로 지었다는 거고요. 그렇다면 과연 원정미 씨에게 소송의 권한이 있을까요, 없을까요?"

그 말에 모두의 눈이 커졌다. 그런 식으로는 생각해 본 적이 없으니까.

"원정미 씨에게는 소송의 권한이 있겠군요."

"맞습니다. 집주인이니까요."

그런데 그 집이 도무지 사람이 살 수 없는 수준이다? 그러면 손해는 모두 원정미가 뒤집어쓰게 된다.

"당연히 원정미 씨는 그들을 고소할 수 있습니다."

그리고 그들이 돈을 토해 내게 된다면 세입자들은 당당하게 원정미에게서 그 돈을 돌려받을 수 있게 된다.

"그러기 위해서는 지금은 앙금을 가라앉히고 서로 도와야 합니다. 엄밀하게 말하면 여러분들이나 원정미 씨나 모두 피해자인 셈이니까요."

돈을 돌려받을 수 있다는 말에 사람들은 일단 분노를 가라앉혔다.

"그러면 어떻게 해야 합니까?"

"소송이 진행되면 아마 법원에서 온갖 검사를 할 겁니다. 그 검사에 협조해 주시면 됩니다."

"그건 어려운 건 아닌데."

"그거면 됩니다."

노형진은 확답을 받은 후에 사람들을 돌려보냈다.

그리고 원정미를 바라보며 말했다.

"원정미 씨는 이제 그 쪽방으로 돌아가시면 안 됩니다."

"네? 어째서요?"

"사기꾼들이 착할 리가 없지 않습니까? 소송이 시작되면 위협과 협박을 통해 소를 취하하려고 할 겁니다. 이런 사건의 경우는 단순히 피해금을 돌려주는 선에서 끝나는 게 아니거든요."

경비로 들어가는 돈도, 배상금도 적지 않다. 법원의 판결에 따라 달라지겠지만 최악의 경우 사기꾼들이 토해 내야 하는 돈이 두 배 이상이 될 가능성이 크다.

"당연히 그놈들은 무슨 짓이든 할 겁니다."

"하지만 자식 놈들은……."

"압니다. 이런 상황에 도와줄 리가 없죠. 그러니까 당분간은 모텔이든 호텔이든 구해서 쉬셔야 합니다."

"하지만 돈이……."

그 말에 노형진은 미소를 지었다.

"걱정하지 마세요. 돈은 금방 법니다. 그러니까 제가 빌려드릴게요."

노형진은 그녀를 설득해서 적당한 비즈니스호텔에 투숙하게 했다. 엘리베이터에 숙식용 시설까지 다 있는 곳이라 그녀가 장기간 생활하기에는 좋은 곳이었다.

그녀를 데려다주고 나오는 길, 서세영은 노형진에게 물었다.

"오빠는 이런 건 어떻게 아는 거야?"

"응? 뭘?"

"아니, 이런 계획 말이야. 아까도 들었잖아, 다른 변호사들은 방법이 없다고 손절 쳤다고."

"아, 그랬지."

"그런데 오빠는 어떻게 해결 방법을 찾는 건지 궁금해서."

"인과관계를 읽으면 간단해."

"인과관계?"

"그래. 하지만 요즘은 대부분의 변호사가 인과관계를 모르지. 정확하게는, 거기까지 신경 쓰기 싫어하는 거지만."

그냥 자기 일만 딱 하고 추가로 뭔가를 해 줄 생각은 없는 거다.

"변호사가 인과관계를 읽을 줄 모르면 무능한 거고, 읽을 줄 알면서 하지 않는 건 이기적인 거야. 너도 새론의 모토 알지?"

"알지. 모든 의뢰인에게 공정하게."

"그게 기본이지만, 법률계에서는 절대 지켜지지 않는 거지."

돈이 있는 의뢰인에게는 간이고 쓸개고 다 빼 주면서 뇌물을 뿌려서라도 해결하려고 하지만, 돈이 없는 의뢰인에게는 그냥 기본 수임료 받고 출석만 해 주면 땡이라는 식으로 사건 조사조차 하지 않는다.

"하지만 다른 변호사들을 보면 바쁘니까 어쩔 수 없다던데?"

노형진은 서세영의 말에 코웃음을 쳤다.

"그거 개소리야."

"엥? 너무 심한 말 아니야?"

"아니지. 사실 변호사들이 직접 증거를 찾거나 하지는 않잖아. 안 그래?"

"그건 그렇지."

물론 증거가 어떤 것이 있는지 또 어디에 있는지 찾고, 의뢰인에게 알려 주는 것은 모두 변호사가 해야 한다.

하지만 최종적으로 증거를 가지고 오는 건 변호사가 아닌 의뢰인의 책임이다.

변호사는 뭐가 필요한지 알지만 그걸 대리인이라고 가서 다 가지고 오려고 하는 건 쉬운 일이 아니니까. 그래서 대부분의 사건에서는 피해자가 직접 자기 증거를 챙기는 게 일반적이다.

그런데 뭐가 필요한지 말해 주는 정도의 업무가 바빠 봤자 얼마나 바쁘겠는가?

어차피 소송을 하다 보면 대부분 필요한 건 비슷하기에 특수한 경우가 아니라면 따로 공부해야 하는 경우도 드물다.

"바빠서 어쩔 수 없다고 하잖아? 그렇지?"

"그렇지."

"그러면 그 바쁘다는 변호사들의 평균 수임 사건 숫자가 얼마나 될 것 같아?"

"어, 글쎄?"

"보통 네 건이지. 한 건에 한 500만 원쯤 하고. 즉, 일주일에 한 건이라는 소리야."

물론 변호사마다 다르지만 통계를 내면 그렇다.

아무리 잘나가는 변호사라고 해도 한 달에 열 건 이상 하기는 힘들다. 애초에 그 정도로 잘나가기도 어렵고 말이다.

"너 일반 변호사에게 가는 사건이 한 건당 일주일씩 법률 분석을 해야 할 만큼 난이도가 있는 거 봤어?"

"어…… 아니."

대부분의 사건은 그렇게 난이도가 높지 않다.

대부분 사기나 폭행 등 흔하게 있는 일이고, 노형진이 새론에서 한 것처럼 시스템화되어 있지 않다고 하더라도 충분히 기본 지식으로 해결할 수 있는 일이니까.

"이혼 같은 건 좀 복잡할 수도 있지만 간단한 사건은 정말 간단하단 말이지."

기업 간 사건 같은 것만 아니라면 일반인 사이의 사건의 난이도가 높을 가능성은 10%도 안 되는 게 사실이다.

"그런 걸 뭘 일주일씩 붙잡아. 일주일 동안 진짜 최선을 다해서 사건 기록을 분석하고 승리를 위해 움직였다면 이해라도 하지. 하지만 솔직히 그런 변호사가 어디 있냐?"

그 말에 서세영은 자신도 모르게 고개를 끄덕거렸다.

"하긴, 다른 곳에서 연수한 애들 이야기를 들어 보면 가관

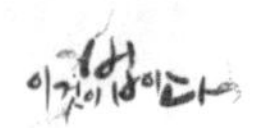

이라더라."

새론에서야 그럴 시간이 없다. 진짜 사건이 미친 듯이 몰려드니까.

팀별로 사건을 분류해서 배정하고 정보팀을 따로 운영하고 시스템화했음에도 불구하고 새론의 변호사들은 진짜 눈코 뜰 새 없이 바쁘다.

하지만 다른 변호사 사무실에서는 출근하면 모닝커피 한잔하며 느긋하게 신문을 보다가 서류를 살핀 뒤 점심 먹으러 가서 노가리도 좀 깐 다음 재판 출정을 좀 하고, 그렇게 재판이 끝나면 다른 변호사랑 커피도 좀 마시면서 하루를 보내는 사람이 넘쳐 난다고 한다.

심지어 재판 자료는 답변서를 쓸 때나 잠깐 보는 게 대부분.

"바빠? 그 새끼들은 진짜 사회생활을 안 해 본 거야."

너무 바빠서 화장실도 가지 못해 변비에 요로결석이 오는 게 사회생활이다.

입으로는 바쁘다고 일하기 힘들다고 툴툴거리지만 정작 그들은 그렇게 치열하게 살아 본 적이 없다.

"바쁘다면서 일을 하지 않을 거라면 일을 받으면 안 되지."

변호사에게는 그냥 흔해 빠진 사건일지 모르지만 의뢰인에게는 인생이 걸린 일이다.

받아 두고는 나중에 '제가 바빠서 사건을 좀 대충 하겠습니다.'라고 하는 변호사에게 누가 일을 맡기려고 할까?

"그리고 말이야, 그런 말을 자주 하는 사람들이 또 있지."

"누구?"

"검사랑 판사."

매일같이 일이 많고 바쁘다면서 징징거린다.

"그런데 검사나 판사 인원을 충원한다고 하면 게거품을 물고 반대하지. 그래서 전자 판사 이야기가 나오니까 눈깔 뒤집고 반대했지."

"아, 그건 들었어."

"바쁜 게 아니야. 일하기 싫은 거지."

진짜로 바빴다? 그랬다면 제발 인원 한 명이라도 늘려 달라고 다리를 붙잡고 원했을 거다.

하지만 일하기는 싫지만 권력은 나눠 먹기 싫으니까 그딴 헛소리를 하는 거다.

"너도 잘 기억해 둬. 공무원들은 기본적으로 일하기 싫어해."

"왠지 씁쓸하네."

"변호사의 세계에 온 걸 환영한다."

노형진의 말에 서세영은 할 말이 없었다.

노형진은 돌아오자마자 바로 해당 빌라를 건설한 건설사

에 소송을 걸었다.

당연히 소장을 받아 든 건설사, 아니 사기꾼은 기가 막혔다.

"아니, 이게 뭔 개소리야?"

작은 빌라를, 그것도 사기를 치기 위해 짓는 회사의 규모는 안 봐도 뻔하다.

말이 건설사지 사실상 개인 기업이나 마찬가지인 추광건설의 사장인 김추광은 소송장을 받고는 기가 막혔다.

"손해배상 청구 소송? 아니, 이 미친년은 누군데?"

자기가 친 사기이지만 그의 머릿속에 원정미에 대한 기억은 전혀 없었다.

두둑하게 주머니를 챙겨 나왔고 그 후로는 당연하게도 신경 쓰지 않았으니까.

"그거 있지 않습니까, 상상동 물건."

"아, 그 빌라들? 그때 이용한 년이야?"

"네. 기억 안 나십니까? 두 다리 없는 년 말입니다."

"기억난다. 그 쪽방촌 사는 년이지?"

"네."

"그런데 그년이 갑자기 뭔 소송이야? 미친 거 아냐?"

"모르겠습니다."

부하 역시 잘 모르기 때문에 고개를 흔들었다.

그라고 알 리가 있는가? 법률 전문가도 아닌데 말이다.

"이거 전 사장에게 물어보는 게 좋지 않겠습니까?"

"전 사장?"

"네. 그나마 법에 대해 좀 아는 놈이지 않습니까?"

"하긴, 전 사장이 똑똑하지."

전광두는 부동산 업자다. 작은 부동산을 하고 있고, 이번 일을 설계한 놈이기도 했다.

김추광은 바로 핸드폰을 들고 전광두에게 전화를 걸었다.

—오, 김 사장? 이 시간에 어쩐 일이야?

"전 사장, 혹시 원정미라고 기억해?"

—원정미? 아아, 기억나. 그 다리 없는 병신 년 말하는 거지?

"그래, 그년."

—그런데 그년은 왜?

"아니, 그년이 나한테 소송을 걸었는데?"

—뭐? 그년이 왜 너한테 소송을 걸어?

"모르지. 아는 거 없어?"

—내용이 뭔데?

"뭐, 손해배상 소송이라는데, 이 미친년 봐라? 아주 터무니가 없네? 청구 금액이 무려 140억이야. 140억."

다시 봐도 기가 막혀 김추광은 흥분해서 소장을 흔들며 침을 튀기면서 소리를 질렀다.

—장난해?

"그러니까! 전 사장 혹시 뭐 아는 거 있어?"

-없지. 좀 알아볼게.

"그래, 좀 알아봐 줘."

김추광은 전화를 끊고는 눈을 찡그렸다.

"이년이 지금 뭐 하자는 짓거리야?"

⚖

"아마도 추광건설은 당혹스러울 겁니다. 소송은 예상하지 못한 것일 테니까요."

"그렇겠지."

김성식은 노형진의 보고를 받으면서 고개를 끄덕거렸다.

노형진에게서 소식을 듣고 여기저기에 알아보니 이런 식의 사기가 엄청나게 늘어나고 있었다.

그리고 대부분의 피해자들은 돈을 찾지 못한 채로 그냥 길바닥에 나앉는 상황이었다.

"대부분은 날림으로 지어서 사람이 살 수 없는 수준이라고 하더군. 일부 제대로 지은 곳들이 없는 건 아니지만."

"애초에 사기가 목적이니까요."

"그나저나 오빠, 그러면 이 손해배상 청구 소송이 인용이 될까?"

"인용이 되겠지. 일단 설계 도면상의 내용과 전혀 다르니까."

벽의 두께도, 설계도 완전히 다른 형태다. 일단 당연히 들어가야 하는 내진 설계는 아예 빠져 버렸다.

내진 설계대로 지으려면 돈이 엄청나게 들어가기 때문이다.

“사실상 위치와 껍데기만 같을 뿐이지 규정이 지켜진 건 단 하나도 없다고 봐도 무방해.”

당연히 재판부에서는 그걸 문제 삼을 수밖에 없다.

“하지만 전액은 인정하지 않을 것 같은데. 140억이면 진짜 어마어마한 돈인데. 공사비가 이 정도나 들어가지는 않았을 것 같아.”

노형진은 그 말에 고개를 흔들었다.

“아니야. 그게 아니지. 철거비가 있잖아.”

“응?”

“저건 사람이 살 수 없는 건물이야. 그렇게 날림으로 지은 건물은 안전상의 문제 때문에라도 밀어 버릴 수밖에 없어.”

“아.”

“손해라는 건 말이야, 입증할 수 있다면 미래의 손실도 보상받을 수 있는 거야.”

분명 법원에서는 이걸 그냥 넘어가지 않을 거다. 당연히 전문 업체에 의뢰해서 검사를 시작할 거다.

‘그 전문 업체가 어디일지는 모르겠지만, 답은 뻔하지.’

정상적인 회사라면 절대로 정상 판정을 내릴 수 없다.

“이런 사건은 과연 그 건물에서 사람이 살 수 있느냐가 관건이거든.”

만일 건물을 고쳐서 살 수 있는 수준이라면 그에 대한 판결만 나올 거다.

“하지만 그럴 수가 없을걸.”

“방음이나 단열은 수리를 통해 고칠 수 있는 거 아냐?”

아무래도 건축에 대해 잘 모르는 서세영이 그렇게 물었다.

하지만 노형진은 그 말에 고개를 흔들었다.

“수리비가 터무니없이 나오겠지만 그건 가능해. 하지만 진짜 문제 되는 건 그게 아니야.”

“어? 그러면 뭔데?”

“콘크리트 강도.”

모든 건물에는 법에서 정한 콘크리트 강도가 있다. 그 강도와 건물이 버틸 수 있는 하중은 아주 밀접한 관련이 있다.

“단열이나 방음? 그거야 건물을 리모델링하면 고칠 수 있을지도 몰라. 하지만 애초에 콘크리트부터 리모델링을 할 수 있는 강도가 나오지 않으면 근본적인 문제가 생기지.”

집에 대한 허가가 취소되면 사람이 살 수가 없다.

그리고 사람이 살 수 없다면 집의 가치는 제로가 된다.

“노 변호사의 말이 맞을 거다. 건설사에서 가장 많이 장난치는 부분이 바로 그쪽이거든.”

한때 건설사들과 숱하게 싸웠던 김성식 역시 잘 안다는 듯 말해 줬다.

“애초에 법에서 정한 콘크리트 규정이 있지만 거기에 모래를 타는 건 예사고 그냥 맹물만 타는 경우도 엄청나게 많아."

"물? 아, 잠깐. 나 학교 다닐 때 빌라 짓는 데 가면 콘크리트 차 안에 물 틀어 두고 그러던데……?"

"그래, 그거 원래 불법이야."

비싼 콘크리트를 희석해서 결과적으로 양을 늘리는 거다.

당연히 그렇게 되면 콘크리트의 강도가 약해지고 결과적으로 언제 무너질지 모르는 건물이 되어 버린다.

"대기업도 그런 짓을 하는데 작은 곳에서 하지 않을 리가 없지."

김성식도 현실을 알기에 쓰게 웃으며 말했다.

"그 정도예요?"

"이번에 대룡을 키워 준다면서 비파괴검사와 현장 감리에 대한 권한을 대폭 변경한 이유가 뭔지 생각해 봐."

사실 다른 걸 강화하는 건 그다지 의미가 없다. 하지만 검사를 하는 것만으로도 기업 입장에서는 날벼락이나 다름없는 일이 벌어지는 거다.

"만일 규정대로 모든 건물에 대해 검사하기 시작하면 대한민국 건물의 30%, 아니 50%는 새로 지어야 해."

김성식은 누구보다 이런 사건의 현실을 잘 알기에 안타까운 어조로 말했다.

"세계 석학들이 한국에서 대형 지진이 발생하면 무조건 100만 단위의 사망자가 발생한다고 주장하는 데에는 다 이유가 있는 거야."

고층 건물의 인구 밀집도는 상상 이상인데 건물을 지을 때는 온갖 장난질을 해 놔서 지은 사람들이 거기서 못 산다는 말도 있다.

"대룡에서 자기네 건물을 짓겠다고 회사 하나를 세운 데에는 다 이유가 있는 거지."

"음……."

결과적으로 소송하게 되면 건물을 지은 놈은 난리가 나는 거다. 그걸 날림으로 지은 당사자니까.

실제로 허가가 취소되면 당사자는 당연히 배상해 줘야 한다.

"하지만 그렇게 쉽게 허가가 취소될까?"

"취소야 쉽지. 어차피 건물의 권리는 주인에게 있으니 준공 허가 취소만 신청하면 당연히 나오니까. 하지만 그냥 취소하면 이쪽이 독박 쓰니까 소송을 걸어야지."

"뭐……? 소송?"

서세영은 일부러 소송을 걸어서 취소해야 한다는 그 말이 이해가 가지 않았다.

그런 서세영에게 노형진은 씨익 웃으며 설명해 줬다.

"일단 가서 배워 보자. 듣는 것보다 직접 보는 게 훨씬 기억에 남으니까."

사실 준공 허가 취소는 흔하게 벌어진다. 당장 건물을 헐기 위해서는 당연히 취소해야 하는 것이기도 하고 말이다.

하지만 그렇게 되면 그 책임은 그걸 신청한 주인이 모두 질 수밖에 없다.

"우리 기자들에게 한번 떡밥을 던져 줘 보자고, 후후후. 우리도 다 돈 벌자고 하는 거잖아?"

노형진은 이번 기회에 새론을 다시 한번 홍보해 볼 생각이었다.

"그러니까, 건물의 허가를 취소해 달라 이겁니까?"

"정확하게는 건물의 안전성을 이유로 취소해 달라는 겁니다."

"아니, 그게……."

공무원은 자신이 온갖 진상을 다 만나 봤고 또 온갖 요구를 다 받아 봤다고 생각했다.

그런데 이건 또 처음 있는 일이었다.

"그러니까 건물에 대한 허가를 취소해 달라는 거잖아요."

"그렇지요. 단, 안전을 이유로 말입니다."

"아니…… 그러니까 취소해 드리면 되잖아요?"

"안 되죠. 건물의 안전! 과 설계 도면 위반! 을 이유로 해 달라고요!"

서세영은 강하게 요구했지만 공무원은 마치 못 들은 것처럼 행동했다.

“알겠습니다. 취소하는 거야 어렵지 않지요. 바로 처리를…….”

그 순간 뒤에서 지켜보고 있던 노형진이 ‘탕!’ 소리가 나게 책상을 치면서 눈을 부라렸다.

“어디서 장난을 치려고 하시나?”

“네?”

노형진이 끼어들자 서세영은 깜짝 놀랐다.

자신이 좀 배워야 한다면서 뒤에서 구경만 하던 노형진이 끼어들 줄은 몰랐으니까.

“세영아, 공무원이라는 존재는 말이다. 너무 믿으면 안 된다.”

“응? 하지만 취소해 준다는데?”

“취소해 주겠지. 하지만 아마 취소 사유는 네가 생각한 것과 다를걸.”

“네, 건물의 하자 문제로 취소해 드릴게요.”

공무원은 짜증 난다는 듯 말했다.

변호사 둘이 자신을 가지고 노는 느낌이었다.

“그러니까 안 된다는 거지. 내가 말했잖니, 이건 소송으로 해야 한다고.”

“이해가 안 가. 하자로 인해 건물 허가를 취소한다는 거잖아.”

“맞아. 문제는, 그런 경우에는 책임 소재가 애매해지거든.”

"책임?"

"그래. 건물이 완성되고 나면 공무원이 직접 설계도랑 비교해서 확인하고 허가를 내줘야 해."

하지만 그런 경우는 드물다.

건물을 짓는 일이 많은 것은 아니다. 한 번 지은 건물은 대부분 50년 가까이 쓰니까.

하지만 더럽게 일하기 싫어하는 공무원들은 대부분 업자들과 대충 입을 맞춰서 그냥 승인을 내주는 편이다.

"한국에서 가장 많은 로비를 하는 업체가 바로 토목 쪽이야. 그건 위도 아래도 마찬가지지."

정치계에서는 매년 수천억씩 토목 쪽에서 뇌물을, 아래서는 작은 기업으로부터 이런 빌라 같은 걸 받아 처먹는다.

"방금 말한 대로 취소를 신청하면 아마 그냥 취소로 들어가고 거기에 재건축한다거나 뭐 그딴 식으로 보고가 올라갈 거야."

"어? 그러면?"

그 말을 들은 서세영은 바로 문제가 뭔지 알아차렸다.

"맞아. 그렇게 되면 공무원은 어떤 책임도 지지 않게 되는 거지."

취소 신청을 한 사람은 집주인, 정확하게는 그의 변호사니까.

"그렇지 않습니까?"

노형진이 그렇게 말하고 싱글벙글 웃으며 돌아보니 그새

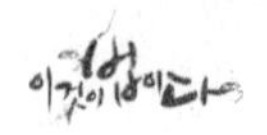

공무원의 얼굴은 사색이 되어 있었다.

'설마 걸릴 줄은 몰랐겠지.'

대부분 그걸로 끝나니까.

"그 차이가 커?"

"크지. 만일 우리가 임의로 건물 허가를 취소해 달라고 한 거라면 정부, 아니 공무원 입장에서는 그냥 취소한 다음에 발 빼고 우리와 건축 업자의 소송을 구경만 하면 되거든."

그때는 당사자가 아니니까. 그러니까 그냥 우리는 모른다고, 제3자인 척하면 된다.

"하지만 우리가 만일 그걸 공무원의 유책 사유로 취소해 달라고 하면 당연히 공무원 입장에서는 난리가 나겠지."

그 책임을 져야 하는 사람이 공무원이니까 당연한 일이다.

"아……."

그 말에 서세영은 많은 걸 배울 수 있었다. 단순히 취소라는 결론이 중요한 게 아니라 그 시작점이 중요하다는 걸.

"본질이다 이거야?"

"그래, 본질이지."

노형진은 차갑게 공무원을 바라보면서 작성했던 서류를 돌려받았다. 그리고 미련 없이 좌악 찢었다.

"당사자는 아니신 것 같으니, 당사자분한테 법원에서 뵙자고 이야기 좀 전해 주세요."

그 말에 공무원은 울상이 되어서 고개를 돌려 한쪽을 바라보았다. 거기에는 얼굴이 사색이 된 한 나이 많은 공무원이 있었다.

건물의 허가를 취소하는 것이 아예 없는 일은 아니다.

사실 건물을 새롭게 짓기 위해서는 기존 건물이 사라져야 하기 때문에 일반적인 행정 업무가 맞다.

다만 이번처럼 정부를 대상으로 책임을 물으면서 소송하는 것은 처음이었다.

“왜냐하면 다른 변호사들은 이런 사건을 담당할 때 보통 건물주와 그 집을 지은 건축 업자의 싸움으로 받아들이거든.”

“나도 그랬어. 정부와는 딱히 관련이 없다고 생각했지.”

“그래. 하지만 엄밀하게 말하면 그건 틀린 말이야.”

정부에는 모든 건축 시설의 관리 책임이 있다.

정확하게 표현하자면, 부실 공사가 이루어지지는 않았는지 확인하고 최종 허가를 내줘야 하는 게 정부의 일이다.

“하지만 그 책임은 거의 묻기 힘들 것 같은데.”

사실 이건 정부의 잘못이 아니다, 공무원 개인의 비리일 뿐이지.

당연히 정부에 소송해 봐야 받을 수 있는 손해배상은 터무니없이 적을 거다.

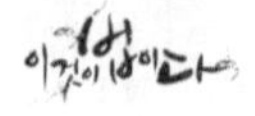

정부에 손해배상을 청구해도 대부분의 경우 그 배상액은 터무니없이 적고, 또 법원에서도 최소한으로 봐주는 편이다.

미국처럼 몇억 달러가 나올 리가 없다.

한국은 사람이 죽어도 당사자가 정부라면 억 단위 배상금이 나오는 경우는 드물기 때문이다. 잘해 봐야 몇백만 원이다.

진짜 작정하고 증거를 조작해서 감옥에 넣어도 법적으로 최저임금만 주려고 하는 게 정부다.

"애초에 그건 몇 푼 안 돼. 아마 몇백 정도, 잘해 봐야 천만 원 좀 넘겠지."

"그런데 오빠는 왜 굳이 하자는 거야?"

"두 가지 이유 때문에 그래."

"이유가 두 가지나 된다고?"

"그래. 하나는 우리는 지금 이걸 시스템화하고 있다는 거야. 만일 내가 여기서 정부나 공무원에게 책임을 묻지 않으면 다음에 어떻게 되겠어?"

"아, 그렇겠네."

당연히 다음 사람들도 책임을 묻지 않을 거다. 그렇게 배울 테니까.

"내가 이렇게 시스템화하는 이유는 추가적인 피해자가 발생하는 걸 막기 위해서야. 그런데 공무원들을 그냥 두면 끝도 없지."

어차피 본인이 피해를 입는 건 아니니까 공무원들은 두둑하게 주머니를 채운 후 모른 척할 테고 피해자들만 계속 피눈물을 흘리게 될 것이다.

"그리고 또 하나는 피해자들을 보호하기 위해서야."

"응? 그게 무슨 소리야? 정부에서 공격이라도 한다는 거야?"

"맞아. 정부와 관련된 사건의 경우는 대부분 비슷한 방식으로 공격이 이루어져."

"그런 얘기는 처음 들었어."

"법적으로 공격이 이루어지는 게 아니거든."

노형진은 머리를 긁적거렸다.

"유명한 말이 있지. 메시지를 공격할 수 없다면 메신저를 공격하라."

"이게 무슨 상관인데?"

"이 사건에서 공무원은 최소한 일을 제대로 하지 않았고, 아마도 높은 확률로 뇌물을 받았을 거야."

당장 설계 도면이랑 비교해 보면 다른 부분이 한두 개가 아닌데도 허가를 내줬으니 단순히 일을 제대로 하지 않았다는 정도로 판단하고 넘어갈 수는 없다.

"그런데 말이야, 그러면 시청에서는 아마 자기들이 곤란해지겠지. 그러면 피해자를 공격해."

방법은 많다. 보통은 피해자의 부도덕한 부분을 강제로 만들어 낸다.

"실제로 그런 일이 있었지."

미성년자에게 술을 팔던 업주가 있었다.

그런데 건물에 불이 나자 그놈은 미성년자로 가득한 건물의 문을 쇠사슬로 잠가 버렸다. 돈을 내지 않으면 도망도 치지 못하게 하겠다고 말이다.

더 웃긴 건, 그 후 문 앞에 서서 돈이라도 받았다면 이해라도 하겠는데, 그놈은 그렇게 쇠사슬로 문을 잠근 후에 불길을 피해서 도망가 버렸다.

그 결과, 그 사건으로 서른 명이 넘는 아이들이 죽었다.

"미성년자한테 그랬다고?"

"그래. 그 당시에 지금하고 비슷하게 공무원들이 공격받았지."

건물 자체부터 불법 증축에 설계 변경 등 개판이었고, 미성년자 대상으로 술을 파는 걸 경찰은 알면서도 방치했었다.

그 당시 공무원들과 경찰은 그 술집 업주에게 두둑하게 뒷돈을 받고 있었기 때문이다.

그런데 아이들이 그렇게 죽었으니 당연히 난리가 났다.

그러자 정부의 대책은 어땠을까?

"그 공무원과 경찰을 처벌했을까? 아니."

분명 사망 사고까지 난 사건이다. 하지만 그들은 단 한 명도 처벌받지 않았다.

그 대신에 죽은 아이들을 파렴치한으로 몰아붙였다.

-봐라, 애새끼라는 놈들이 술집에서 술을 퍼먹었다. 그 새끼들은 죽어도 상관없는 인간쓰레기다.

문제는 언론에서 그걸 그대로 전달했다는 거다.

물론 아이들이 거기서 술을 마신 것이 잘못된 건 사실이다.

하지만 미성년자에게 술을 팔겠다고 홍보한 것도 주인이고, 돈을 받겠다고 출입구를 쇠사슬로 걸어 잠근 것도 주인이다.

"아이들이 서른 명이나 죽었지만 누구도 책임지지 않았지."

그 주인이라는 놈은 잠깐 교도소에 있었을 뿐 곧 나와서 떵떵거리면서 잘살고 있다.

"정부에서는 이런 짓거리를 자주 해. 메시지를 공격하지 못하니까 메신저를 공격하는 거지."

"요즘 같은 시대에 설마……."

"설마가 아니야. 너도 소송해 봐서 알잖아. 합의하려고 하면 뭐라고 하디?"

"어…… 그러네."

합의할 때 쌍방이 각자 다른 금액을 생각하는 건 당연한 거다.

가해자 쪽은 최대한 적게 주려고 하고, 피해자 쪽은 최대한 많이 받고 싶어 한다.

"그런데 합의 이야기가 나오면 하나같이 하는 말이……."

"돈독이 올랐다고 뒤에서 욕하지."

종종 터무니없는 합의금을 청구하는 경우도 있지만 대부분의 경우 변호사들은 정해진 합의금을 받는 편이다.

그런데 가해자들은 합의금을 아예 주지 않으려고 한다.

수억짜리 차에 애들이 올라타고 흔들어서 찌그러트려 수리비만 1억이 나온 사건이 있었는데, 그 사건의 가해자란 인간들이 한 말은 "애들이 실수할 수도 있지 너무하다. 돈독이 올랐네."라는 것이었다.

"그래서 나는 합의를 그다지 서두르지 않아."

"아, 그래서 오빠는 매번 소송부터 하고 합의를 진행하는 거구나?"

"검찰과 마찬가지로 합의라는 건 결국 변호사 편의주의거든."

변호사 입장에서는 사건을 합의로 끝내면 대충 일하고 쉽게 처리할 수 있으니 제대로 소송으로 가기 전에 합의하려고 한다.

하지만 그렇게 되면 저쪽은 자신들이 유리한 포지션이라고 생각하게 된다.

"이쪽이 유리한 포지션을 지키려면 일단 소송으로 코너에 몰아넣고 합의해야지."

이번 사건도 마찬가지.

이쪽에서 나중에 말로 정부와 공무원에게 책임지라고 하면 어떻게 될까?

아마 눈도 깜짝하지 않을 거다.

그리고 그 후에 언플을 할 테고, 아마 사람들에게는 돈독이 올라서 힘들게 일하는 공무원에게 소송질 한다고 소문을 낼 거다.

"그러니까 엄밀하게 말하면 주변 인물부터 족쳐야지."

그 사건이 아직 종결된 게 아니니까. 핵심 인물부터 족치면 사람들이 봤을 때는 사건이 종결된 것처럼 느껴서 나중에 이쪽을 욕한다.

"음…… 그런 식으로는 한 번도 생각해 보지 않았는데."

"다들 그래."

노형진은 어깨를 으쓱했다.

"이런 사건에는 소송할 사람이 너무 많지."

"어? 또 있다고? 누구?"

"감리."

"아……."

건물을 제대로 짓는지 확인해야 하는 사람.

감리는 법적으로 고용하게 되어 있다. 하지만 공사 현장에서는 진짜 감리가 아니라 그냥 이름만 올리는 경우가 대부분이다.

심지어 공사장에 단 한 번도 출근하지 않고 서류에 사인만 하는 놈도 있다.

"자격증만 있으면 뭐 해, 그런 걸 관리하는 시스템이 없는데."

그리고 이런 사건은 100% 감리가 돈을 받아 처먹지 않을 수가 없는 사건이다.

"이제 바빠질 거야. 잡을 놈들이 너무 많아서 말이지."

노형진은 씩 웃었고, 그 말에 서세영은 축 늘어졌다.

뭘 해도 폭망일걸

"이걸 다 언제 해?"

"그런 게 바쁜 거라는 거야."

"와, 완전 와닿는다. 맨날 말로만 바쁘다는 소리를 들었는데 진짜 당해 보니까 장난 아니네."

노형진은 서세영의 말에 미소를 지었다.

"하하하, 뭐 그럴 거야. 다들 처음에 여기서 한번 걸러지지."

"걸러진다니……."

"새론은 들어오는 사람만큼이나 나가는 사람이 많거든."

새론에 들어온 사람들은 적지 않은 돈을 벌 수 있다. 그래서 오고 싶어 하는 사람들이 적지 않다.

"하지만 그만큼 이직률도 상당히 높지. 첫 번째 난관이 이

거야.”

어마어마한 업무량.

다른 변호사들과 다르게 새론은 각 변호사마다 팀이 붙어서 보조한다. 그러다 보니 한 번에 처리할 수 있는 양이 기하급수적으로 늘어난다. 당연하게도 그 운영비를 벌어야 한다.

그 시스템 덕분에 변호사는 적지 않은 사건을 해야 한다.

“전처럼 느긋하게 커피 한잔하며 신문을 보면서 ‘아, 바쁘다~.’라고 입을 털지 못하지.”

그걸 못 버티고 이직하는 변호사들이 생각보다 적지 않은 게 사실이다.

“그러면 다른 고난도 있어?”

“있지. 두 번째는, 기존의 지식이 송두리째 날아가는 거.”

법률의 핵심은 해석, 그리고 한계.

그 모든 걸 부정하게 되는 과정이 없는 성장은 없다.

다른 변호사들은 좀 힘들다 싶으면 ‘이거 방법 없어요.’라며 손 털면 그만이지만 새론은 그럴 수 없다. 동료 변호사들과 협동하여 같이 해결해야 한다.

“문제는 그런 경우에는 수임료도 나눠야 하는데 그 사실을 받아들이지 못하더라고.”

“결국 돈이 문제군.”

“그래. 너도 알겠지만 집단 지성의 힘은 대단하거든.”

하지만 어지간한 대형 사건이 아니고서야 집단 지성의 힘을 빌려서 싸우는 변호사는 드물다.

"두 번째가 있다면 세 번째도 있겠네?"

"세 번째는 바로 사건의 공정성이야."

"사건의 공정성?"

"모든 사건을 다 동등하게 대우해야 한다는 걸 의외로 많은 변호사들이 받아들이지 못해."

돈이 되는 사건이든 돈이 안 되는 사건이든 똑같이 해결해 주고 최선을 다한다. 의외로 많은 변호사들이 이것을 받아들이지 못한다.

수임료 550만 원짜리 최저가 사건과 수임료 5천만 원짜리 초대형 사건이 어떻게 동일할 수 있느냐는 거다.

만일 두 사건이 겹친다면 550만 원짜리 사건은 버리고 5천만 원짜리 사건을 잡는 게 그들에게는 상식인 것이다.

"문제는 그걸 인정하기 싫어한다는 거지. 이 단계로 가면 자발적으로 나가기보다는 방출이지."

돈은 투자라는 형태로 보전해 주는데도 불구하고 사건을 버린다는 것은 새론의 가치를 지킬 생각이 없는 거니까.

"그게 새론의 기본 이념이니까."

"무슨 소리인지 알겠어. 그래도 인간적으로 일이 너무 많은 거 아냐?"

툴툴거리는 서세영에게 노형진은 담담하게 말했다.

"있지, 내가 이 세 가지 테스트를 괜히 넣은 게 아니거든."

세 번의 고비. 그건 노형진이 노려서 설계한 거다.

사실 아무리 새론이 크다고 해도 갓 입사한 변호사마다 모두 팀을 구성해 줄 수는 없다. 사람을 새로 뽑거나 기존 멤버들을 재배치해 줘야 하니까.

당연히 일종의 테스트를 거칠 수밖에 없다. 그래야 자기들과 맞는 사람을 구할 수 있으니까.

"그런데 그런 걸 나한테 말해 주는 건 특혜 아니야?"

"아니야. 모두 입사하면 듣는 말이야."

"그런데도 못 버틴다고?"

"여기에 숨겨진 네 번째 테스트가 있지."

"네 번째? 숨겨진 게 있다고?"

"쉽게 말해서 '인턴'이라는 거야."

노형진의 말에 서세영은 살짝 고개를 갸웃했다.

"아니, 그걸 말하면 변호사들이 받아들이지 않을 것 같은데?"

"그래, 그래서 숨겨진 네 번째 테스트라는 거야. 보통 사람들은 취업하면서 인턴이니 뭐니 하는 테스트 기간을 거쳐. 심지어 공무원조차도 시보라는 이름의 테스트 시간을 거치지. 그런데 변호사는 왜 테스트 기간을 거치지 않는다고 생각해?"

"아……."

"물론 저명한 변호사라면 이해할 수 있지. 하지만 새론에

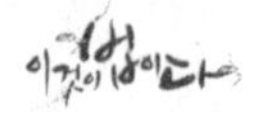

는 저명한 변호사가 안 와."

정확하게 표현하자면, 새론은 저명한 변호사를 영입하는 곳이 아니라 변호사의 실력을 키워서 저명하게 만드는 곳이다.

당연히 초임 변호사들과 어중간한 변호사들이 오고 싶어 하는 1순위가 바로 새론이다. 실력을 키울 수 있으니까.

"그런데 테스트도 거치지 않을 리가 있어? 그리고 만약 그게 기분 나빠서 나간다? 그게 바로 우리가 바라는 거야."

"그래서 오빠가 숨겨진 테스트라고 한 거구나."

테스트는 거쳐야 한다. 그런데 그런 테스트를 기분 나빠한다는 건 자신이 특별하다는 선민의식을 가지고 있다는 소리니, 그런 변호사는 새론에서 걸러 내는 게 정답이다.

"그래."

"우…… 그래도 일이 너무 많아."

"네가 선택한 새론이다. 악으로 깡으로 버텨라."

"처음 듣는 말인데 기분 더럽네."

툴툴거리면서 옆에 있던 서류를 턱 하고 붙잡고 확인하는 서세영.

"일단 이 사람이 감리를 제대로 안 한 건 확실한 것 같지?"

"그래, 감리를 제대로 했을 리가 없지."

동동감리. 이번 사건에서 감리를 담당한 회사다.

"현실적으로 한꺼번에 네 곳의 감리를 동시에 진행할 수는 없지."

물론 법적으로 감리를 담당하는 사람을 보조로 쓸 수는 있다. 하지만 아무리 보조하는 사람의 실력이 좋아도 진짜 감리처럼 일할 수는 없다.

더군다나 동동감리에서 고용한 직원은 단 한 명이고 여성이다.

"아마도 내근직이겠지."

전화를 받거나 서류 업무를 해 주는 정도.

"그걸 오빠가 어떻게 알아?"

"건설업 쪽은 여자를 별로 안 좋아해. 극단적으로 남초 현장이거든. 그래서 현장에서 여자를 무시하는 성향이 강해."

어쩔 수가 없다. 건설업이라는 것 자체가 기본적으로 근력이 필요한 업종이니까.

물론 건설업에 여성이 일하는 곳이 없는 건 아니다.

도배 보조나 신호수같이 근력이 그다지 필요 없는 곳에서는 여성을 쓴다.

"하지만 감리는 그런 사람을 쓸 이유도 없고, 회사에 등록된 감리사에 이 여자 이름도 없어. 그러니까 내근직 여성이라고 볼 수 있지. 그런데 감리 자격증도 없는 여성이 현장 가서 감리를 한다고? 그건 애초에 불법인 데다가, 현장 인간들이 들어 처먹지도 않을걸."

즉, 실제로 현장에 가서 그곳을 감시하는 사람은 없다는 거다.

“감리가 필수적인 서류 업무로 네 군데에 각각 하루를 쓴다고 해도 일주일에 한 번 정도라는 거야.”

다시 말해서 정상적인 감시를 하지 못한다는 소리다.

“그런데 오빠, 이해가 되지 않는 게 있어.”

“뭔데?”

“감리사는 손해배상 책임이 있잖아? 그런데 그걸 알면서도 왜 감리를 그따위로 한 걸까?”

건축법에 해박한 감리사가 손해배상 청구를 모를 리가 없다.

실제로 감리가 제대로 일하지 않은 경우 피해자인 건물주는 손해배상을 요구할 수 있는데, 이건 실제로 빈번하게 일어나는 사건이기도 하다.

“그러니까 감리도 한패다 이거지.”

“어?”

“이번 사건에서 추광건설은 원정미의 이름으로 사기를 친 후에 소송이 역으로 들어올 거라는 생각은 하지 못했어. 그 감리가 과연 그걸 몰랐을까?”

“아!”

한패가 아니고서야 감리가 일을 그따위로 할 수는 없다. 법적으로 책임이 확실하게 규정되어 있으니까.

특히 감시를 전담하는 인원이라는 특성상 감리사의 법적인 손해배상의 책임은 상당히 폭넓게 인정되는 편이다.

그걸 감리사가 모를 리가 없다.

"알면서도 문제가 없다고 생각한 거야."

"어…… 잠깐, 그러면 그 이전에도 비슷한 짓거리를 했을 가능성이 높겠네?"

"그렇겠지. 사실 한국에서 제대로 감리가 이루어지는 곳은 없으니까."

한국에서 감리는 자격증이다. 당연히 자격증을 갖춘 사람은 감리 역할을 엄격하게 수행해야 한다.

"문제는 감리라는 게 보호받는 직업이 아니라는 거야. 거기다 한국에서 감리는 포화 상태고."

감리가 부족하면 모를까, 감리하는 사람들은 넘쳐 난다. 그러니 자기 말을 잘 듣는 감리를 이용하는 게 당연한 거다.

"감리의 손해배상 책임이 너무 넓은 것도 문제고."

"응? 무슨 소리야? 잘못했다면 그걸 배상하는 건 당연한 거잖아."

"그 규정이 확실하지 않다는 거야. 감리하는 사람은 공사 현장의 중지 명령을 내릴 수 있어. 하지만 그로 인한 보호는 받지 못한다는 게 문제지."

예를 들어 어떤 사람이 감리 중에 위험 요소를 발견했다. 그러면 그는 그 문제를 고치도록 공사 중지 명령을 내릴 수 있다.

문제는 그 후다.

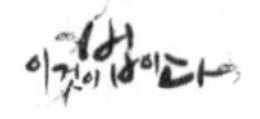

해당 위험 요소를 확실하게 해결한 뒤 다시 공사에 들어가면 문제가 안 되는데, 회사에서는 공사를 중지시켜 손해를 발생시켰다는 이유로 그 감리를 자른다. 그리고 그 감리에게 손해배상을 청구한다.

법적으로 감리의 공사 중지 명령을 보호하지 않기 때문이다.

"어…… 그러고 보니…… 헐, 보호 규정이 없잖아?"

"의사들 소송하고 비슷한 거지."

감리가 위험 요소를 발견하고 공사 중지를 명령하면 그 기간 동안의 손실을 배상하라고 기업 차원에서 소송을 걸어 버린다.

감리가 일을 제대로 할수록 망할 가능성이 높아지는 기괴한 형태가 되는 거다.

가장 큰 문제는, 이건 개인 대 기업의 싸움이라는 거다.

예를 들어 공사 중지로 10억의 손실이 났다고 치자.

그런데 법원에서 위험 사실은 인정하지만 공사 중지 명령을 내린 것은 과도했다면서 20%를 배상하라고 하면?

개인인 감리는 2억을 물어 줘야 한다.

더군다나 그렇게 한번 공사 중지 명령을 내린 감리는 어디서도 쓰지 않는다. 소문이 쫙 나니까.

그러니까 감리는 자기 자리를 지키기 위해서라도 뭔 짓이 벌어지든 그냥 눈 꾹 감고 모른 척해야 한다는 거다.

"감리는 현재 법률상 책임은 있지만 보호는 못 받는 직업이야. 극히 일부의 책임만 법원을 통해 물어도 인생이 파멸하지."

이미 존재하는 부실을 감출 수는 없다. 하지만 기업은 특성상 그 손실을 감당할 수 있다.

반면에 감리는 일부만 책임져도 인생이 박살 나기에 충분하다.

"그리고 그럴 때 드는 생각이 뭐겠어?"

"큰 거 한 방……이라는 건가?"

"맞아."

제대로 일할 수도 없는 사회적 형태.

일을 제대로 할수록 직장을 잃을 수밖에 없는 구조.

그 상황에서 결국 당사자는 그냥 대충 일하는 걸 넘어서서 사기를 쳐 한 방 크게 벌고 말자고 생각할 가능성이 크다.

"그리고 감리는 회사에서 고용하는 게 아니야. 회사에서 고용비를 내긴 하지만."

회사에서 신청하면 지자체에서 감리를 정해서 내려보내는 형태다.

"아, 그래서 공무원 소송이 중요한 거구나."

공무원이 제대로 된 감리를 선정해 내려보냈다면 이 지랄이 나지 않았을 거다. 하지만 그러지 않은 탓에 이런 상황이 초래된 거다.

"그래, 공무원에 대한 소송 없이 감리를 엮는 건 거의 불가능하지."

정부에서 대롱을 밀어주는 방법으로 감리를 경쟁사에서 고용하도록 하는 이유가 뭔가? 법적으로 감리 스스로 보호할 방법이 없기 때문이다.

새로운 법에 따르면, 공사 중지 명령에 대한 손해배상을 청구할 때 감리 개인이 아니라 기업 대 기업의 싸움이 될 거다.

"그런 싸움은 잘못한 쪽이 철저하게 불리하거든."

왜냐하면 건축을 잘못한 쪽에서 소송하는 경우 상대방 회사에서 언론을 통해 부실 건축물이라는 소문을 사방팔방에 내고 다닐 테니까.

"그렇게 되면 아마 정부에서 조사도 들어갈 테고 덤으로 집값도 떨어지겠지. 그리고 그런 사건이 커지면 공사 중지 명령이 감리가 아닌 법원을 통해 나오거든."

그런 소송이 월 단위로 질질 끌리게 되면 원청회사는 수십억 단위의 손실을 보게 될 텐데, 심지어 연 단위가 된다? 그럼 기업이 흔들릴 수도 있다.

왜냐하면 시공 기간을 과도하게 넘는 공사 중지 등에 책임이 있는 경우 입주 예정자의 주거 생활비를 기업에서 물어줘야 하기 때문이다.

"그것까지는 알겠어. 그런데 이러면 소송하기도 애매한 거 아냐?"

서세영의 말에 노형진은 빙긋 웃었다.

지금까지 이렇게 빙 돌려서 말한 건 그녀가 본질을 스스로 깨닫기 바라서였다.

그리고 방금 서세영은 깨닫는 데에 성공했다.

"그렇잖아. 처음부터 사기 치기로 작정한 놈이라면 배 째라고 나올 텐데?"

"정확해."

공범이라면, 그리고 이런 상황이라면 감리는 민사적 책임만 지는 게 아니라 공범으로서 형사적 책임도 질 수밖에 없다. 그럼에도 불구하고 그는 실행했다. 왜 그럴까?

"당연히 돈은 이미 다 빼돌렸겠지."

"맞아. 돈을 빼돌렸겠지."

"배상받기 힘들겠는데."

물론 원래 목적대로 건설사에서 받을 수야 있다. 하지만 그렇다곤 해도 사기꾼 감리 놈에게는 돈을 받지 못한다는 건 심각한 문제다.

"그러면 여기서 문제. 과연 어떻게 받아 낼 것인가."

"어…… 음, 모르겠습니다."

서세영은 솔직히 인정했다.

사기 친 자금을 몰래 받아 갔다면 법적으로 회수할 수는 있다.

하지만 그러기 위해서는 조건이 있다. 뭐냐 하면, 선의의

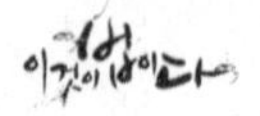

제3자 규정이 적용되어서는 안 된다는 것이다.

그 돈을 받아 간 사람이 그게 사기로 획득한 수익이라는 걸 알고 있었어야 한다.

문제는, 그걸 입증하는 게 쉽지 않다는 거다.

괜히 사기꾼들이 사기로 빼앗은 돈을 다른 가족의 명의로 돌려놓는 게 아니다.

법적으로 그걸 돌려받기 위해서는 사기의 수익이라는 걸 알고 넘겨받았다는 걸 증명해야 하는데, 피해자 측에서는 그걸 입증할 방법이 없다.

"사기의 수익을 아마도 가족에게 넘겨줬겠지. 그런데 말이야."

"응."

"세금을 냈을까?"

"……?"

서세영은 그 말에 고개를 갸웃했다.

세금과 무슨 관련이 있는지 짐작이 가지 않았기 때문이다.

⚖

동동감리의 동하동은 사기꾼 패거리의 일원이었다.

그리고 그는 다른 사람들과 다르게 느긋했다.

"아니, 씨팔. 이거 어쩌지?"

김추광은 전광두의 사무실에서 자리에 앉지도 못하고 뱅뱅 돌고 있었다.

"이게 말이야…… 확실히 곤란해."

전광두도 곤혹스러울 수밖에 없었다.

확실히 건물을 날림으로 지은 건 사실이다. 그런데 그걸로 설마 자기들이 이용한 원정미가 고소해 올 줄은 꿈에도 생각을 못 했다.

"그래서 변호사는 뭐래?"

"뭐라긴, 방법 없다고 하지. 이미 법원을 통해 비파괴검사 명령까지 떨어진 상황인데."

설계에서부터 콘크리트 강도, 내부 철근에 보온재까지 안 빼돌린 게 없는 건물이니 비파괴검사와 강도 검사가 끝나면 그들이 책임을 져야 할 것이다.

"그러니까 우리가 건축비를 다 토해 내야 한다고?"

"그게…… 그럴 거래."

"씨팔! 야, 네가 이거 문제없다며? 문제없다며!"

"그게……."

김추광을 꼬드겨서 이 일을 벌인 전광두는 입술이 바짝바짝 말랐다.

문제가 없었다.

다른 사람들도 다 이런 식으로 사기를 쳤고, 피해자들은 그때마다 이미 돈 없는 건물주와 소새끼 개새끼 할 뿐 정작 사기를 친 사기꾼에게는 아무런 말도 못 했다.

그런데 이번에는 그 피해자들이 함께 손잡아 버렸다.

물론 보통은 서로 손잡는 게 불가능하다. 다들 분노로 눈이 돌아간 상황일 테니까.

하지만 노형진은 분노로 눈이 돌아간 그들을 설득하고 진정시키고 진정한 적을 보여 줌으로써 손잡게 만들었다.

"쯧쯧, 그러니까 내가 빼돌려 두라고 했잖아."

안절부절못하는 두 사람을 보면서 동하동은 피식하고 비웃음을 날렸다.

"뭐?"

"내가 말했잖아, 이 바닥에 확실한 건 없다고."

동하동은 느긋하게 커피를 마시면서 말했다.

그 모습을 본 김추광과 전광두는 눈에 불을 켰다.

"이 새끼야! 너는 소송 대상이 아닐 거라고 생각해?"

"뭐, 소송 대상이겠지. 하지만 어쩔 거야? 나 이미 개털이야."

"끄응……."

실제로 모든 재산을 딸과 아내의 이름으로 돌려 둔 상황이라 동하동은 진짜로 개털이었다.

"감옥에 갈 수도 있다고."

"감옥? 가야지."

"뭐?"

"이 새끼들이, 이 정도 큰 건을 하면서 감옥 갈 생각도 안 했어? 당연히 각오를 했었어야지. 하지만 갔다 오면 노후를 안락하게 보낼 수 있다고."

"미친 새끼."

전광두는 동하동을 보며 이를 빠드득 갈았다.

사실 이 모든 게 동하동에게서 듣고 실행한 거다.

실제로 동하동은 이들만이 아니라 다른 자들과도 같은 작업을 몇 번 해 본 작자였다.

감리는 필수니까.

쉽게 말해서 동하동이 전광두를 부추기고 전광두는 김추광을 끌어들인 형태인 셈이다.

"길어 봐야 한 1년 정도 살다 나오면 땡이야."

어차피 형량이 길 것도 아니다. 자기가 책임을 다하지 않은 건 사실이지만 고의라는 걸 입증하는 건 다른 문제니까.

"벌금이 한 3천만 원 정도 나오겠지."

문제는 그 벌금 3천만 원을 낼 돈이 없다는 거다. 동하동은 공식적으로 재산이 없으니까.

"넌 교도소에 가는 거 겁 안 나?"

"그러니까 너희가 멍청한 거야. 교도소를 왜 가?"

"뭐?"

"판사한테 돈 300만 원 쥐여 주면 그냥 노역으로 끝난다고."

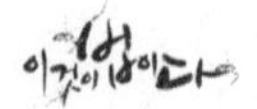

만일 돈이 없어서 벌금을 못 내면 과연 어떤 일이 벌어질까? 그런 경우 재판부에서는 그에게 노역을 시켜서 때우도록 한다.

그런데 이 노역이라는 것의 하루 일당이 정해진 게 아니라는 점이 문제다.

이 점을 이용해 과거 모 재벌가를 위해 재판부가 일당 25억이라는 '황제 노역'을 내려 주기도 했다.

그래서 법이 바뀌기는 했지만.

그렇다고 해서 황제 노역이 과연 사라졌을까?

아니다. 황제 노역은 여전히 있다.

나중에 법이 바뀌면서 그나마 덜해지게 바뀌기는 한다.

벌금 1억부터 5억까지는 300일 이상, 50억까지는 500일 이상, 50억 이상은 1천 일 이상의 강제 노역에 처하도록 되어 있다.

그러나 아직은 법이 바뀐 시점도 아니기에 판사들에게 좀 두둑하게 쥐여 주면 하루에 수십억씩 까는 건 일도 아니었다.

"뭐, 적당하게 한 일주일 노역소에서 휴가 좀 즐기다 나오면 다 되는 거야. 뭘 그렇게 겁을 내?"

"휴가?"

"그래, 이 법알못들아. 하여간 이런 놈들이 큰 건을 한다고 하니 이렇게 쫄리지."

비웃음을 날리는 동하동.

"원래 노역은 가지 않으면 그만이야."

"강제하는 거 아니야?"

"그건 외부적으로나 그런 거고. 실제로 노역소에 가는 새끼들은 병신이라고. 아니면 힘도 백도 없는 새끼들이거나. 그냥 시간만 때우면 된다고. 쯧쯧."

실제로 노역은 강제이지만 강제가 아니다.

가령 노역소에 들어가야 하는 사람이 있다면, 일단 노역소에서는 그를 노역소에 보내기 위해 최소한 그의 건강 상태나 그에게 맞는 노역 장소를 확인하기 시작한다.

노역소가 한두 곳이 아니니까.

그게 못해도 3일에서 5일은 걸린다.

그러니 그사이에 노역하러 온 사람은 느긋하게 기다리면 된다.

그렇다고 장소가 정해지는 대로 바로 노역하러 가야 하는 거냐 하면 그것도 아니다.

만일 노역을 하러 가야 하는 시점에 아파서 도저히 못 가겠다고 버틴다면?

노역소에서는 그에게 강제로 노역을 시킬 방법이 없다. 때릴 수도 없고 노역 기간을 늘릴 수도 없다.

그걸 외부에 발표하면 자칭 인권주의자들이 인권 탄압이라고 눈깔을 까뒤집고 달려들기 때문에 노역소에 그냥 두는 수밖에 없다.

실제로 노역소에 들어가는 대부분의 사람들은 노역은커녕 시간만 때우다 나오는 게 현실이다.

노역소에서 노역하는 사람들은 진짜 반성하는 사람 아니면 그런 정보를 접하지 못하는, 힘도 백도 없는 이들뿐이다.

"어차피 판사한테 좀 쥐여 주면 일당은 두둑하게 계산해 줄 거야."

벌금 3천만 원이 나와도 일당 500만 원으로 빼 버리면 고작해야 6일이다. 처음에는 대기하다가, 노역 장소가 결정되면 한 이틀 정도 아프다고 드러누워 있으면 된다.

"그게 휴가가 아니면 뭐냐?"

"헐."

그 말에 두 사람은 반색했다.

"그런 방법이 있었어?"

"그래, 이 법알못 새끼들아."

동하동은 느긋하게 말했다.

"노형진? 그 새끼가 이 바닥에서는 유명한 모양이지만, 나한테는 안돼."

이미 판사에게 적당히 기름도 쳐 놨겠다, 그냥 가서 휴가나 즐기다 오면 되는 거다.

물론 휴가치고는 조금 번거롭기는 하겠지만 말이다.

"으이구, 바보들."

"야, 나도 어떻게 안 될까?"

"그 판사 좀 소개해 줘 봐."

어떻게 노역으로 때우려고 동하동에게 매달리는 김추광과 전광두. 그때 동하동의 전화기가 울렸다.

"어, 우리 사랑하는 딸. 이 시간에 어쩐 일이야?"

그는 자신의 핸드폰에 뜬 '딸'이라는 이름을 보고 반색하면서 전화를 받았다.

그런데 그 너머에서 들리는 목소리는 심각하게 떨리고 있었다.

-어, 아…… 아빠? 저기, 나 사기로 고소당했는데?

"뭔 소리야? 너 아빠 몰래 사기 치고 다녔어? 문제 일으키지 말라고 했지? 내가 착하게 살라고 몇 번이나 말했어?"

-아니…… 나 사기 안 쳤어. 나…… 아빠 사건과 관련해서 고소당했단 말이야!

딸은 억울한 듯 소리를 빼액 질렀다.

그 말에 동하동은 눈을 찡그렸다.

"뭔 소리야? 아빠 사건과 관련해서 고소를 당하다니?"

-상상동 빌라? 그 사건으로 고소당했다고!

"아니, 상상동? 그걸로 널 왜 고소해?"

-나야 모르지. 그런데 나보고 공범이래!

"공범? 무슨 소리야? 공범이라니?"

딸은 동하동이 사기를 치고 다닌다는 것도 모른다. 그러니까 당당하게 착하게 살라고 말할 수 있는 거다.

그런데 공범이라니?

–몰라……. 아빠, 이거 어떻게 된 거야?

"어…… 그, 글쎄?"

노형진을 무시하고 있던 동하동은 갑작스러운 상황 변화를 받아들이지 못하고 허둥거리기 시작했다.

그리고 방금 전까지 어떻게든 정보를 얻으려고 하던 두 사람은 그런 동하동을 미심쩍다는 듯 바라보았다.

⚖

"딸하고 아내를 배임수재죄로 엮는다라……. 내가 이걸 왜 생각 못 했지?"

서세영은 기가 막혀서 중얼거렸다.

"그래, 딸하고 아내한테 재산을 돌렸으니까……."

예상대로 동하동은 자신의 재산을 빼돌린 후였다.

그런 상황에서는 민사소송을 해도 끝끝내 그 돈을 돌려받지 못한다.

사기꾼들이 쓰는 전형적인 방법이다.

"그런데 그 가족들이 공범이 아니라는 증거는 없단 말이지."

"그러고 보니 그러네. 대부분 사기에 대한 소송을 할 때는 그 당사자만 대상으로 하잖아?"

"그렇지. 하지만 그건 바보 같은 짓이야. 당사자한테 재판에서 이긴다고 한들 돈을 받아 낼 방법이 없지. 결국 다시 한 번 재판해야 하지."

가족에게 빼돌린 돈을 돌려받기 위해서는 당연히 그들의 계좌를 다시 조사하고 소송해야 한다.

그사이에 사기꾼은 과연 놀까?

아니다. 돈을 빼돌릴 수도 있고, 아니면 증거를 인멸할 것이다.

"가장 큰 문제는 말이지, 피해자가 아무리 날고뛰어도 그 돈이 상대방이 친 사기의 자금이라는 걸 증명할 방법이 없다는 거야."

대부분 이 부분에서 돈을 못 돌려받는다.

분명 빼돌린 돈이 사기를 친 돈은 맞다. 그런데 법률은 주장하는 자가 그걸 입증하도록 되어 있다.

대한민국의 검찰은 유죄 추정의 원칙을 은근히 밀고 있고 실제로 재판부도 유죄 추정의 원칙으로 재판하는 사건들이 점점 많아지고 있는 건 사실이지만, 그건 어디까지나 형사가 그렇고 민사의 경우는 여전히 주장하는 사람이 그걸 입증해야 한다.

"확실히 그렇기는 해. 그런데 이렇게 가해자의 가족을 공범으로 넣으면 확실히 입증책임이 달라지네? 더군다나 우리는 사기가 아니라 배임수재죄로 엮을 거잖아."

"그렇지. 우리 쪽에게 좀 더 확실하게 유리하지."

왜냐, 일단 그 돈이 사기의 피해의 증거라는 걸 확보하는 건 어렵지 않기 때문이다.

일단 사기를 쳤고, 그 돈이 계좌 이체를 통해 이동했으니까.

외부에서 봤을 때는 분명 공범의 가능성이 보이는 상황이다.

애초에 사기라는 게 자신만의 이익뿐 아니라 제3자의 이익도 포함되는 개념이기 때문이다.

"그렇다면 이제 반대로 저쪽에서 그 돈이 범죄 수익이 아니라는 걸 증명해야 하지."

자연스럽게 입증책임이 전환되는 거다.

공범으로 사기에 엮이면 저쪽은 그 돈이 사기를 통해 번 돈이 아니라는 주장을 하게 될 거다. 당연히 그러기 위해서는 그 돈의 출처가 어디인지 확실하게 증명해야 한다.

문제는 실제로 사기를 친 돈이기 때문에 출처를 입증하는 게 불가능하다는 거다.

"물론 진짜로 사기로 인정받지는 못할 가능성이 크지만. 민사적으로는 이야기가 달라지지."

선의의 제3자, 즉 범죄 사실을 모르고 받은 사람은 법적으로 보호받는다.

그런데 공범으로서 사기에 대해 조사받는 과정에서 그 돈이 제3자를 대상으로 친족이 사기를 친 돈이라는 사실을 알게 되어도 과연 선의의 제3자가 완성될 것인가?

"설사 그게 완성된다고 해도, 그때부터는 다른 법의 적용이 가능해."

"점유이탈물횡령 말이지?"

"맞아."

공범으로서 처벌받지 않는다고 해도 결국 그 돈의 출처가 범죄라는 것을 알게 된다.

즉, 그 돈을 준 아버지에게 돈에 대한 권리가 없다는 걸 인식하게 되는 거다.

그러면 그 돈은 아버지가 주는 돈이 아닌 피해 금액이라는 걸 인식하게 되니, 그 시점에서부터 재산의 상속이 아니라 점유이탈이 이루어진 돈이라는 걸 인식한 것이라고 볼 수 있다.

"물론 이런 판례는 없었지만."

사실 이런 판례는 전혀 없다. 어떤 변호사도 사기꾼의 가족을 공범으로 고소한 적이 없으니까.

그들은 사기꾼만을 대상으로 소송했고, 지면 가족에게 넘어갔다.

하지만 이미 상속이 이루어진 시점이었기에 돌려받기는 요원했다.

그러나 아직 사건이 종결되지 않은 상황에서 점유이탈 자산이라는 걸 인식하게 된다면?

"그 후에는 이야기가 달라지지."

가족을 먼저 족쳐서 그 돈을 받을 수 없게 만들고, 그 후에 주범을 족치는 방법.

“하지만 그게 성립하지 않을 수도 있잖아. 솔직히 점유이탈물횡령이라는 것도 인정될까? 아버지가 준 거잖아.”

서세영은 그게 궁금했다.

현실적으로 ‘아버지가 증여한 것을 과연 재판부에서 점유이탈물횡령으로 인정할 것인가?’라는 법적인 판단의 문제가 사라진 건 아니었다.

“알아. 그래서 중요한 게 세금이라고 한 거야.”

“응? 무슨 소리야?”

“사기를 쳐서 그 돈을 빼돌리는 인간이 세금을 꼬박꼬박 잘 내겠어?”

안 낼 거다. 실제로 부모 자식 사이에서 그렇게 현금을 주고받는 경우는 흔하다.

사실 증여세 관련 여부는 선의의 제3자의 조건에 영향을 주지 않기에 대부분 그걸 내지 않으려고 한다.

“당연히 증여세도 내지 않았겠지. 애초에 사기 쳐서 얻은 돈이니까.”

문제는 여기서 발생한다.

이쪽에서 그걸 문제 삼으면 범인들은 다급하게 증여세를 내고 증여를 확정 지으려고 할 거라는 거다.

“하지만 이 시점에서 이미 가족은 그 돈이 사기의 수익이라는 걸 알게 되는 거야.”

"확실히 증여에 관한 판례 중에 증여의 종료 시점이라는 개념이 없기는 하네."

"없지. 보통은 그냥 증여하고 세금은 나중에 내도 되니까."

그래서 계좌 이체가 진행되면 증여가 종료되는 거다.

"하지만 이 사건은 좀 다르지. 계좌 이체가 이루어졌지만 사기에 동원된 계좌라는 건 확실하지."

선의의 제3자를 입증하는 건 불가능하다.

왜냐, 나중에 따로 고소당한 게 아니라 공범으로 고소당한 시점이니까.

공범으로 고소당한 시점에서 그들이 '우리는 선의의 제3자'라고 주장해 봤자 그저 범인의 흔한 거짓말로 추정될 거다.

세상에 내가 사기를 쳤다고 주장하는 사람은 없으니까.

"그런데 그것에 대한 증여세를 내려고 한다고 해도 말이지, 우리가 그렇게 하도록 두지 않을 거라는 거지."

분명 사기에 의한 금액이고, 수사 중인 사건이며, 명백한 자금의 흐름을 보이는 피해 자금이다.

"이것에 대해 국세청에서 증여세를 부여한다면 어떻게 될까?"

"얼핏 잘못하면 공무원이 사기의 피해 금액에 대한 증여를 인정함으로써 범죄의 완성을 도와주는 형태가 될 수 있겠구나."

"그래. 형사사건으로 수사 중일 때는 증여를 인정 못 해.

그리고 우리가 국세청에 그런 취지의 가처분 신청을 내도 증여는 절대 성립되지 못하지."

"법적인 함정인 거네?"

증여의 완성 시점에 대한 판례는 없다.

그런데 여기서 국세청이 증여를 인정하고 증여세를 물린다면, 수사 중인 도피 자금에 대한 증여를 인정하는 셈이 된다.

당연히 국세청 입장에서는 절대 그럴 수 없다.

"아마도 국세청에서는 증여세의 발급을 거부할 거야. 소송 중이니까."

그렇다면 그 증여는 종료된 것일까?

당연히 노형진은 소송을 통해 증여의 종료 시점을 확인하려고 할 테고, 그 기간 동안에는 돈을 확실하고 안전하게 묶어 둘 수 있다.

"만일 증여의 종료 시점이 증여세의 납부가 이루어진 상황이라는 판결이 나온다면? 당연히 증여는 무효가 돼서 우리는 당당하게 그 돈을 찾아올 수 있어."

그 말을 듣고 서세영은 자신도 모르게 입을 쩍 벌렸다.

과연 어떤 변호사가 이런 계획을 세울 수 있겠는가?

애초에 누가 생각했다면 아마 판례가 있을 것이다.

하지만 누구도 그 생각을 못 했고, 그래서 사기꾼들은 자기 돈을 느긋하게 가족 명의로 돌리고 호의호식할 수 있었던 것이다.

“하지만 그래도 소송 종료까지 오래 걸릴 것 같은데.”

“그럴 거야. 하지만 말이지, 그래서 우리한테 유리해.”

“응? 어째서?”

“판례를 세우는 싸움이잖아. 아마 대법원까지 가야 할 거야.”

그리고 그동안은 소송이 진행될 테고, 당연히 피해자들은 공범이라고 주장하는 놈들의 모든 계좌와 수익에 대한 압류를 걸 자격이 생길 것이다.

“과연 그 기간 동안 사기꾼들이 버틸 수 있을까?”

“아…… 맞다. 오빠 주특기가 그거였지.”

법적으로 상대방의 피를 말리는 것.

그게 노형진이 가장 잘하는 일 중 하나였다.

돈 내놔, 이 새끼들아

동하동의 가족들에게는 날벼락이 떨어졌다.

동하동은 설마 노형진이 자신의 가족까지 공범으로 고소할 거라고는 상상도 하지 못했다.

실제로 지금까지 단 한 번도 그런 일이 없었으니까.

하지만 생각해 보면 가족 사기단이 없었던 것도 아닌 만큼, 경찰 입장에서는 고소가 들어온 이상 무시할 수도 없었다.

더군다나 다른 사람도 아닌 노형진이다.

일을 대충 하면 조만간 백수가 될 테니 제대로 할 수밖에 없었다.

제대로 해서 죄가 없다면 노형진도 건드리지 않지만, 귀찮다고 일을 제대로 하지 않으면 진짜 모가지가 날아갈 테니까.

"그러니까 사기를 쳐서 생긴 돈을 계좌 이체로 받았잖아. 이거 뭐냐고."

"아니, 저는 모르는 돈이에요. 아빠가 준 거라고요!"

"사기꾼들은 다 서로 모른다고 하지. 아빠가 무려 2억을 줬어. 그 이전에도 수십 차례에 걸쳐서 족히 20억은 줬고. 그런데 이 모든 걸 그냥 용돈이라고 주장하는 거야?"

"그건……."

분명 그랬다.

아버지는 종종 그녀의 계좌로 그런 식으로 돈을 넣었고, 그래서 동하동의 딸은 어마어마한 부자였다.

"이미 다른 사건들도 조사 중이야. 이러면 재미없어."

경찰은 그녀를 보면서 눈을 부라렸다.

그도 그럴 것이, 경찰도 결국은 한국을 살아가는 사람이자 세입자다. 현실적으로 서울에서 경찰의 박봉으로 집을 산다는 건 불가능하기에 매달 월세에 쪼들리는 그런 삶을 살아가고 있다.

그런데 이런 식으로 세입자를 속여서 등쳐 먹는 놈들이라 생각하니 그는 좋게 말할 수가 없었다.

"아주 그냥 개판이더만."

동하동이 감리로 일했던 건축물에 대해 알아보았는데, 상당수의 건축물들이 부실 건축, 경매 사기를 이용해 막대한 시세 차익을 얻었다.

“그게 불법은 아닐 텐데요?”

물론 동하동도 변호사를 썼다.

안 쓸 수가 없었다. 몽땅 뒤집어쓰게 생겼으니 말이다.

“그걸 우리 동하동 씨가 책임질 건 아닙니다만?”

“아아~ 그게 말입니다.”

확실히 그랬다.

노형진이 처음에 말한 것처럼 이러한 행동은 아직 법원에서 불법이며 사기라는 판단이 내려지지 않았다.

부실 건축물은 둘째 치고, 일단 그 건축물이 피해자들에게 넘어갈 때의 과정에 대해서 법원이 사기라고 판단한 적은 없는 게 사실이다.

그렇다 보니 현실적으로 경찰 입장에서도 사기라고 표현할 수는 없다.

그런데 그걸 과연 노형진이 몰랐을까?

“이건 사기가 아니라 배임수재입니다.”

“네?”

“지금 고소당한 게 배임수재라고요.”

“배임수재요?”

“네. 건축물이 완성되고 좀 지나서 감리 비용과 상관없는 막대한 금액이 입금되었더군요. 그 돈의 출처에 대해서는 아직도 동하동 씨가 말을 하지 않고 있고요.”

동하동은 단순하게 생각했다.

그냥 부실 감리로 벌금이나 좀 내면 될 거라고 말이다.

설사 감옥에 간다고 해도 길어야 1년 이내에 나올 정도라고 생각했다.

아마 단순 업무상 책임이었다면, 자신도 모르게 부실 감리를 한 거였다면 그렇게 되었을 거다.

하지만 노형진이 바보도 아니고, 굳이 그를 압박하기 위해 사기로 넣을 생각은 없었다.

동하동은 사기로 엮을 수가 없기 때문이다.

왜냐하면 사기로 엮기 위해서는 적극적인 기망행위, 즉 피해자를 속이는 행위가 있어야 하는데 공식적으로 그는 피해자들, 즉 세입자들과 접점이 없다.

심지어 건물주로 되어 있는 원정미와 만난 적조차도 없다.

그런 만큼 사기는 성립되지 않을 가능성이 크다.

“잠깐만요. 사기라고 들었는데요.”

“누가 그래요?”

변호사는 그 말에 고개를 획 돌려서 동하동을 바라보았다. 그리고 눈을 찡그렸다.

“하아~ 잠깐, 의뢰인과 이야기하겠습니다.”

그는 동하동을 끌고 사람이 없는 곳으로 이동했다.

그리고 그곳에서 동하동에게 목소리를 높였다.

“아니, 사건에 대해 제대로 말해 주셔야지요. 사기라면서요?”

“아니, 그거나 그거나.”

"뭐가! 그거나 그거나예요? 전혀 다른 문제란 말입니다."
"뭐가 다른데?"
동하동은 다른 두 사람에게 법알못이라고 빈정거렸지만 그렇다고 해서 그가 법에 대해 잘 아는 것도 아니었다.
그가 아는 건 건축법 관련 정도이니 형법에 대해서 알 리가 없는 것이다.
"사기는 그냥 자기가 알아서 하면 되는 거지만 이건 아니라고요!"
"뭔 소리야, 그게?"
그 말에 변호사는 심호흡했다. 그리고 천천히 말했다.
"사기는 말입니다, 약간의 처벌을 받은 후에 돈 문제는 당사자끼리 알아서 해야 합니다."
그래서 사기죄로 처벌받게 되면 그 후에 거의 필수적으로 민사소송이 진행된다.
하지만 사기꾼들이 돈을 가족 명의로 돌려놓고 배 째라를 시전하기 때문에 돌려받지 못하는 게 대부분이다.
"하지만 배임수재죄는 말입니다, 몰수 규정이 따로 있단 말입니다."
"몰수?"
"아니, 몰수가 뭔지도 모릅니까?"
"아니, 알지. 아는데…… 그게 거기서 왜 나와?"
"규정이니까요."

몰수란 쉽게 말해서 정부에서 범죄로 인한 수익을 빼앗는 것을 말한다.

바로 압류가 시작되면 몰수, 하지만 만일 금괴 등으로 바꾸어 감춰 두거나 해서 당장 압류가 불가능한 경우에는 추후에 재산을 압류해서 처리하는 추징 등, 어찌 되었건 배임수재죄는 사기와 다르게 그 범죄 수익을 빼앗도록 규정되어 있다.

"자…… 잠깐만! 그러면 정부에서 내 돈을 빼앗아 간다고?"

동하동은 뒤통수가 얼얼했다.

자신이 빼돌린 돈이 한두 푼이 아니다. 그걸 벌기 위해 어마어마한 사기를 쳐야 했다.

그런데 그걸 정부가 가져간다니?

"그럴 수는 없어! 그 돈이 어떤 돈인데! 내가 그 돈을 벌려고 얼마나 노력했는데! 그 돈은 내 돈이야!"

그 말에 변호사는 짜증스럽게 말했다.

"그러니까 제대로 말해 줬어야지요. 사기랑 배임수재죄는 다른 문제란 말입니다!"

배임수재죄는 일단 그로 인해 생긴 돈 전부를 정부에서 몰수한다. 그리고 벌금은 또 따로 내게 된다.

즉, 손해가 훨씬 심한 거다.

그렇다고 해서 민사의 책임이 사라지느냐? 그것도 아니다.

여전히 민사 책임의 영역은 남아 있기에 민사소송이 들어

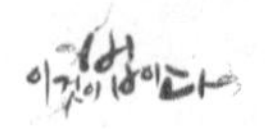

오면 그쪽에도 배상해야 한다.

"더군다나 배임수재는 정을 아는 제3자도 몰수 대상이란 말입니다."

"정?"

"사실요. 사기를 친 사실을 알고 있는 제3자가 가지고 간 수익!"

"아."

딸과 아내 명의로 빼돌려 놨는데도 여전히 몰수 대상이라는 소리다.

그 말에 동하동은 얼굴이 허옇게 변하더니 휘청거리다 뒤로 넘어갔다.

"동하동 씨! 동하동 씨!"

변호사는 그를 붙잡고 소리를 질렀다.

"누가 구급차 좀 불러 줘요! 빨리!"

⚖

"동하동이 쓰러졌다던데?"

"그럴 만하지. 아마 전 재산을 팔아도 그 돈이 안 나올 테니까."

벌금에, 배임수재로 받아 처먹은 돈과, 손해배상까지 하려면 진짜 확실하게 망할 것이다.

"뭐, 이제 와서 증여라고 주장하면서 국세청에 신고해 봐야 국세청이 바보도 아닌데 그걸 인정할 리가 없지."

즉, 그쪽은 사실상 정리된 거다.

"남은 건 김추광이랑 전광두네?"

서세영은 혀를 내두르며 말했다.

법이라는 게 합법적인 보복이라는 말은 노형진에게서 종종 들었지만 지금 그 말을 실천하는 모습을 똑똑히 보고 있으니까.

"일단 김추광부터 정리하자. 김추광이야 어려운 일이 아니니까."

이미 설계 도면을 위반한 것부터 그가 벗어날 수 없는 책임을 지고 있다는 뜻이다.

"아마 지금쯤 똥줄이 바짝 타겠지."

동하동이 쓰러졌다는 소식을 듣고 김추광은 심장이 미친 듯이 벌렁거렸다.

공포감이 심해지면 똥구멍이 서늘해진다고 하더니 그게 뭔지 지금은 알 것 같았다.

요즘은 매일같이 그랬으니까.

결국 마치 소가 도살장에 끌려가는 기분으로 끌려 나온 첫 번째 공판기일. 김추광의 변호사는 필사적으로 방어했다.

"재판장님, 고소인 측은 현재 저희 쪽에서 부실 공사를 했다고 주장하지만 어떠한 증거도 내놓지 못하고 있습니다. 저희 측 기록에 따르면 그 공사는 저희가 한 게 아닙니다."

"하지만 재판장님, 이 사건의 기록에 따르면 해당 공사는 김추광의 추광건설에서 했습니다."

"하지만 저희가 한 게 아닙니다. 애초에 저희는 계약 자체를 한 적이 없습니다. 아마 시에 올라간 것도 위조 계약서라고 생각됩니다만."

'그렇게 말하겠지.'

추광건설에서 해당 빌라들을 지은 건 알고 있다. 하지만 정작 원정미에게는 계약서가 없다.

사실 계약서 자체가 필요 없었을 거다.

원정미는 그저 사기죄를 대신 뒤집어쓸 희생양일 뿐이었기에 그녀에게 필요한 건 계약서가 아니라 그녀 명의의 신분뿐이었을 테니까.

당연히 그들이 계약서를 썼을 리도 없고, 설사 썼다 하더라도 그걸 원정미에게 줬을 리 없다.

실제로 원정미는 계약서는커녕 그들의 얼굴조차도 제대로 기억하지 못할 정도였다.

시간이 오래 지난 데다가 작은 쪽방에서 지난 2년을 갇혀 지내다시피 했으니 말이다.

'그러니 저쪽은 자기들이 한 게 아니라는 쪽으로 나오려나 본데?'

이쪽에서 계약서를 내민 것도 아니니까.

"오빠, 그런데 저런 변론이 먹혀?"

"먹힐 수도 있지. 저쪽은 그에 가능성을 걸고 총력전을 하는 거야."

옆에 있던 서세영이 귓속말로 조용히 묻자 노형진 역시 조용히 답했다.

"하지만 서류상 모두 다 남아 있잖아."

"일단 공무원에게 독박을 씌우는 거지. 어차피 그쪽도 결국 부실시공으로 책임을 져야 하는 거잖아?"

"그런데?"

"문제는 저쪽도 이쪽을 안다고는 못 한다는 거야. 서류상으로만 처리해서 모른다고 할 가능성이 높아."

"어째서?"

"모른 척하면 기껏해 봐야 자기가 게을러서 제대로 일하지 않은 거지만 아는 척하면 뇌물 수수로 엮일 테니까."

"아, 그렇겠네!"

지금 해당 건물을 최종 승인했던 공무원은 자신은 몰랐다고, 직접 건물을 확인하지 못한 건 사실이지만 너무 바빠서 현장에 가지 못한 것뿐이라고 주장하고 있다.

전형적으로 복지부동했다는 것뿐이고, 사실 복지부동으로

해임까지 가지는 못한다. 아마도 몇 개월 감봉, 심해야 정직이 끝일 것이다.

"하지만 뇌물을 받았다고 하면 형사처벌 대상이거든."

그리고 이 사건에서 뇌물을 준 사람은 누구겠는가? 당연히 저기 앉아 있는 김추광일 수밖에 없다.

만일 김추광이 뇌물을 줬다고 입을 연다면 공무원의 인생은 조지는 거다.

"그러니까 서로 모른 척하자는 일종의 암묵적인 룰이 생기는 거지."

그 말에 서세영은 혀를 끌끌 찼다.

"그게 먹혀?"

"실제로 먹힐 가능성도 높아. 어찌 되었건 공무원이 일을 제대로 하지 않은 건 확실하거든."

그러니까 재판부에서는 그저 공무원이 사실 확인을 제대로 안 했다고 생각할 가능성도 높다.

실제로 이런 공사를 시작할 때 회사의 주체를 확인하는 방법은 서류뿐이고, 누군가를 속이기 위해 서류를 조작하는 것도 불가능하진 않다. 다만 그럴 필요가 별로 없을 뿐이지.

"말이 안 되는 것 같은데."

"재판이라는 게 그런 거잖아. 결국 판사들도 상황과 서류만 보고 판단하는 거야. 그러다 보니 대중이 이해할 수 없는 판결을 내리는 경우가 드물지 않은 거고. 웃기지만 판사들이

상식이 부족한 건 딱히 비밀도 아니지."

능력이 부족한 건 아니다. 공부도 잘하고 지식도 충분하다. 하지만 때때로 상식이 부족한 판사들은 남들이 이해하지 못하는 판단을 한다.

"변호사는 그 점 역시 감안하고 공격이든 방어든 해야 하고."

"그러면 이 경우는 어떻게 해?"

계약서가 없다는 건 이쪽에는 아주 불리한 거다.

"그래서 내가 증인을 불렀지."

노형진은 씩 하고 웃었다.

"재판장님, 저희 쪽에서 신청한 증인인 전광두 씨를 소환하겠습니다."

이미 전광두가 증인으로 나온다는 것은 저쪽도 알고 있었지만 방심하고 있었다.

전광두는 분명 김추광과 같이 사기를 친 공범이니까.

당연하게도 김추광은 전광두가 자기편을 들어 줄 거라 생각했다.

'하지만 그건 질문하기 나름이고.'

남을 죽이고 자기가 살 수 있다면 과연 전광두 같은 사기꾼은 어떤 선택을 할까?

"증인, 증인이 상상동에 위치한 고소인의 빌라를 중개한 중개인이지요?"

"그렇습니다."
그건 부정할 수가 없다.
원정미는 그날 이후로 본 적이 없지만 세입자들은 계약할 당시에 다들 만났었고, 결정적으로 계약 기록은 그가 모두 전산에 올렸으니까.
세입자들은 당연히 부동산에서 계약한 계약서도 가지고 있으니 부정하는 건 불가능했다.
"그러면 고소인에게서 위임을 받았겠네요?"
"맞습니다."
노형진은 그렇게 말하고는 원정미를 돌아보았다.
원정미는 그 말에 쓰게 웃고 있었다.
'뭐, 어쩔 수 없지.'
위임한 적이 없다.
하지만 이기기 위해서는 때로는 거짓말도 해야 한다. 검사에게는 진실이 중요할지 모르지만 변호사에게는 승리가 더 중요하고, 그걸 위해서는 때때로 거짓말도 필요하다.
"그러면 그 위임장의 한계는 어디까지인가요?"
"네?"
질문을 들은 전광두는 어리둥절했다. 순간 의미를 이해하지 못했으니까.
"재판장님, 보다시피 고소인인 원정미 씨는 두 다리가 없습니다. 당연히 외부 활동 자체가 불가능하다시피 합니다. 실제로 원정미 씨는 그로 인해 상상동에 위치한 네 개 동의 빌라에 대한 건축 권한을 여기 전광두 씨에게 위임했습니다.”

그 말에 전광두의 눈동자가 흔들리기 시작했다.

‘그래, 당황하겠지.’

건축이라는 건 아주 복잡한 법률 과정을 거치게 된다.

특히나 들어가는 돈만 해도 수십억이기 때문에, 당사자가 아니라면 상대방의 위임 문제를 확실하게 지적하고 넘어갈 수밖에 없다.

‘두 사람이야 사기를 치기 위해 시작한 거지만 다른 사람들이 그럴 리가 없지.’

다른 사람들은 위임장을 확인하고 일을 진행했을 거다.

그리고 원정미의 말에 따르면 그녀가 건네준 인감증명서에는 아무런 표시도 없었다고 했다.

당연히 전광두는 그걸 이용해서 무차별적으로 위임장을 만들었을 것이다.

보통 위임장을 만들 때는 인감증명서가 필수다. 위임장은 위조가 쉽기 때문이다.

하지만 인감증명서는 당사자와 그 위임장을 받은 사람만 발급이 가능하기에 일종의 증명이 된다.

“어, 그렇습니다. 제가 대리했습니다.”

“그러면 그 건축을 누가 했는지 아시겠네요?”

간단한 함정이다.

분명 누군가는 건축을 했다. 그 일에 있어 대리인임을 제시하고 다닌 건 전광두다.

그건 부정할 수 없다.

'대리인으로서 활동하고 다녔다는 건 즉 건축 업자가 누군지 안다는 걸 의미하지.'

자신이 고용했어야 하니까.

아니나 다를까, 전광두는 그 말에 눈만 데굴데굴 굴렸다.

'그러겠지.'

만일 여기서 김추광이 공사했다고 말하면 김추광과의 관계는 완전히 박살이 날 거다.

그렇다고 모른다고 말하면 대리인으로서 일을 제대로 하지 않은 셈이니 그가 모두 독박을 쓰게 된다.

"추광건설은 제3자가 자신들의 명의를 도용했다고 주장하고 있습니다. 그 제3자가 누구인지, 전광두 씨는 알고 계시겠지요?"

이러지도 저러지도 못하는 전광두.

그런 전광두를 보면서 노형진이 나지막하게 한마디 더했다.

"말을 안 하는 겁니까, 아니면 못 하는 겁니까?"

"……."

전광두는 아차 싶었다.

그제야 노형진이 자신을 부른 이유가 증언을 시키기 위해서가 아니라 자신에게 죄를 뒤집어씌우기 위해서였음을 알아차렸지만, 그렇다고 이미 올라온 증언대에서 도망가는 건 불가능했다.

"흠, 말을 못 하시는 모양인데. 그러면 해당 건물의 부실 시공에 대한 책임이 있다고 볼 수밖에 없습니다."

"그게……."

판사 역시 전광두에게 차갑게 한마디 했다.

"증인, 위증하거나 증언을 거부하면 처벌받을 수 있습니다."

"으으으."

"아, 물론 자기가 피의자가 된다면 그에 대해서는 굳이 증언하시지 않아도 됩니다. 피의자의 묵비권은 법에서 보장하는 권리니까요."

쉽게 말해서 네가 말하지 않으면 너를 고소하겠다는 소리다.

혼란이 극에 달한 전광두를 가만히 보던 노형진은 김추광에게로 시선을 돌렸다.

"피고인 측은 어떻게 하시겠습니까?"

"네?"

"지금 증인의 행동을 보니 아무래도 증인이 이번 사건에 관련해서 명의를 도용한 건에 대해 잘 아는 것 같은데, 명의 도용 건으로 고소하셔야지요."

"맞습니다. 그래야지요."

당연하게도 김추광의 변호사는 고개를 끄덕거렸다. 그는 사정을 모르니까.

하지만 김추광의 얼굴에는 곤혹이 떠오르고 있었다.

'그래서 내가 아직 전광두를 고소하지 않았지.'

만일 전광두와 김추광을 고소했다면 두 사람은 아마 같이 변호사를 선임하여 서로 입을 맞추고 죄를 벗어날 방법을 찾았을 것이다.

하지만 현재는 김추광만 고소한 상황.

당연히 김추광은 자신을 지키기 위해 변호사를 선임했으니, 전광두의 존재를 굳이 이야기할 이유가 없었다.

-모든 의뢰인은 거짓말을 한다.

그게 노형진이 모든 변호사들에게 하는 말이다.

고의적인 행동이든 아니면 자신도 모르게 스스로 상황을 유리하게 해석해서든 결국 거짓말이고, 변호사는 그걸 모르고 있다가 당하는 경우가 많다.

'마치 지금처럼 말이지.'

지금 노형진은 상대방 변호사에게 전광두라는 미끼를 던져 준 것이니 그의 입장에서는 당연히 그 미끼를 덥석 물 수밖에 없었다.

자기 의뢰인이 주장하는 건 명의 도용이고, 실제로 명의 도용 정황을 잘 알 수밖에 없는 놈이 나타났으니까.

'하지만 그게 함정이지.'

변호사야 상황을 모르니까 고발한다고 얼마든지 설레발칠 수 있지만, 김추광 입장에서는 그럴 수가 없다.

"재판장님, 아무래도 다음 고발이 진행되고 수사가 진행되어야 사건이 진행될 것 같습니다."

노형진은 슬쩍 재판장에게 말했다.

그리고 재판장도 그걸 인정했다.

"확실히 이번 사건의 핵심은 기업의 명의 도용 문제인 듯하니 해당 고발을 진행한 후에 다음 기일을 잡겠습니다."

그 말에 김추광과 전광두는 얼굴이 노래졌다.

⚖

"뭐요? 아니, 그건 말이 다르지 않습니까?"

김추광의 말을 들은 변호사는 기가 막혔다.

"아니, 그게……."

"다른 사람은 없다면서요?"

변호사 입장에서는 날벼락도 이런 날벼락이 없었다.

다른 사람은 없다. 자기 혼자 한 거다.

분명 김추광은 이렇게 말했다.

그래서 그 말을 믿고 그나마 머리를 짜내고 짜낸 게 바로

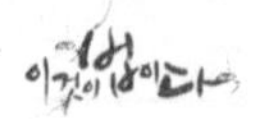

명의 도용이었다.

실제로 그걸 알 만한 유일한 사람인 공무원은 입을 다물 수 밖에 없는 처지인지라 어떻게 넘어갈 거라 생각했는데…….

"아니, 부동산 업자까지 엮을 줄은 몰라서 그랬습니다."

'하, 미치겠네. 처음부터 기분이 더럽더라니.'

사건을 시작할 때 김추광은 상대방 변호사가 누구인지 말해 주지도 않았다.

물론 그런 거야 꼭 말해야 하는 건 아니니 이해한다.

하지만 상대방이 노형진이라는 걸 알았을 때 뭔가 이상하다고 생각했어야 했다.

"그래서 어떻게 된 겁니까?"

"그게 사실은……."

변호사는 처음으로 김추광에게서 진실을 들을 수 있었다.

그리고 감추고 있는 게 전광두만이 아니라는 것도 알았다.

공무원은 이미 소송 중이고, 동하동은 영혼뿐만 아니라 재산까지 모조리 털리고 있는 상황.

"아니, 그걸…… 지금 말이라고……."

설마 이 정도로 거짓말을 했을 거라고는 생각도 못 한 변호사는 어이가 없어졌다. 그리고 솔직하게 물었다.

"이걸 지금 이기라고 가지고 온 겁니까?"

"이거…… 불가능합니까?"

"불가능하죠. 아예 불가능하죠!"

건물을 제대로 짓기라도 했다면 어떻게 해 보기라도 하겠다. 하지만 설계도도 지키지 않고 사람이 살지도 못할 정도로 부실 공사를 한 거라면 이길 수가 없다.

"아니, 도대체 뭔……."

사실 변호사들은 최신 범죄에 대해서는 오히려 소식이 느린 편이다.

그럴 수밖에 없는 게, 변호사란 직업 자체가 결국 경찰과 검찰에서 죄를 인지하고 나서야 그걸 방어하는 직업이기 때문이다.

당연히 그런 식으로 사기를 칠 수 있다는 것도 몰랐다.

범죄 방식도 모르니 당연히 방어 방법도 새로 짤 수밖에 없었다.

"끄응…… 일단 방법은 하나뿐인 것 같네요."

"뭔데요?"

"역소송하는 겁니다."

"역소송?"

"네."

"어차피 돈은 현금으로 받았을 거 아닙니까?"

그 말에 김추광은 고개를 끄덕거렸다.

사기를 치는 것이다 보니 자신을 감춰야 했다. 그래서 세입자들에게서 받은 돈을 일단 원정미의 계좌에 넣었다가 다시 현금으로 출금했다.

그게 2년 전 일이니 아무리 CCTV 영상을 뒤져도 자기들이 출금했다는 증거는 찾을 수 없을 거다.

"그러니까 우리 쪽에서는 요구한 대로 지어 준 건데 저쪽에서 돈을 여전히 주지 않고 버티는 겁니다."

"그걸…… 믿을까요?"

"안 믿으면 어쩔 건데요?"

변호사가 선택할 수 있는 유일한 방법은 그것뿐이었다.

⚖

"아마도 저쪽은 원정미 씨에게 역소송이 들어올 거야."

노형진은 사건 기록을 정리하면서 말했다.

"역소송?"

서세영은 그 말에 고개를 갸웃했다.

이 사건에서 저쪽이 역소송을 걸 만한 게 있나 생각했지만 바로 떠오르는 게 없었기 때문이다.

그러나 다음 말에 아차 싶었다.

"정확하게는 공사비를 아직 받지 못했다고 주장하겠지. 공식적으로는 원정미 씨가 돈을 준 적이 없으니까."

"원정미를 공범이라고 고소하는 게 아니고?"

"저들은 절대로 원정미를 공범이라고 고소하지 못해. 자폭이거든."

공범으로 몰아가는 순간 원정미는 그들의 일원이 된다. 그리고 자수나 내부 고발 형태로 그들이 사기를 쳤다고 말하게 되면 그건 피할 수 없는 증거가 된다.

공범이 말하는 증거능력은 무척이나 강력하기 때문에 그들이 부정한다고 해서 벗어날 수 있는 게 아니다.

"그 때문에 그들은 어떻게 해서든 원정미 씨가 독박을 쓰게 하려고 들 거야."

이미 원정미가 자기 욕심을 차리고 있다고 생각하는 그들 입장에서는 어차피 원정미를 지켜 줄 생각도 없을 테니까.

"더군다나 그들은 이미 챙겨 먹을 건 다 챙겨 먹었고."

돈은 현금으로 출금했고 원정미가 모든 죄를 뒤집어쓴 상황이다. 그 상황에서 원정미가 사기의 공범이라고 자기들을 물고 늘어지면 돈만 토해 내야 한다.

"하지만 자기들은 원정미 씨가 원하는 대로 집을 지어 준 거고 자신들도 돈을 받지 못한 피해자라고 해 버리면, 그때는 책임을 벗어나게 되지."

만일 원정미가 원하는 대로 지은 거라고 하면 그들 입장에서는 건물이 무너지든 물이 줄줄 새어 나가든 상관없는 일이다.

더군다나 돈까지 받지 못했다면 배상 책임은 없다고 봐도 무방하다.

"끄응…… 그 돈…… 가져갔다는 증거가 없겠지?"

"없지. 이미 확인했어. 모두 현금 인출이더라. 교묘하게 매

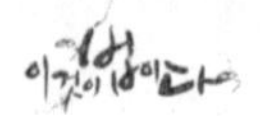

일같이 900만 원 정도씩 이리저리 옮겨 다니면서 출금했어."

계좌 이체를 했다면 좋았겠지만 애석하게도 그렇게까지 멍청한 놈들은 아니어서 원정미의 계좌에서 직접 인출해 가 버렸다.

"오빠, 그런데 그걸 재판부가 믿어 줄까? 아무리 생각해도 믿어 주지 않을 것 같은데."

"물론 기존 재판부라고 하면 믿지 않겠지."

기존에 재판하던 재판부가 바보도 아닌데 그 말을 믿어 줄 리가 없다.

얼마 전까지만 해도 명의 도용을 주장하던 놈들이 갑자기 '사실은 돈 못 받았습니다.'라고 해 버리는 걸 인정해 줄 리가 없다.

"문제는 이게 완전히 별개의 사건으로 들어갈 거라는 거야."

완전히 별개의 재판이 이루어질 테고, 당연히 저쪽은 저쪽 나름의 증거를 가지고 판단할 거다.

그리고 현실적으로 현대사회에서는 계좌 이체 내역이 없다면 돈을 줬다는 증명을 할 수가 없다.

"그러면 저놈들은 그걸로 상계 처리하려고 하겠네?"

상계란 쉽게 말해서 서로 가진 채권을 맞바꾸는 걸 말한다. 이쪽은 저쪽이 부실하게 지은 집에 대한 손해배상을 청구하고 있고 저쪽은 돈을 받지 못하고 있으니 그걸 서로 없애 쎔쎔으로 하려는 거다.

"결과적으로 그러면 세입자들은 한 푼도 받지 못하고 나가게 될 텐데."

서세영이 걱정스럽게 말하자 노형진이 씩 하고 미소 지었다.

"그러니까 우리가 먼저 소송해야지."

"이미 소송 중이잖아?"

서세영은 고개를 갸웃했다.

이미 김추광과 소송 중이고, 김추광은 배상을 피할 수 없게 되자 역소송을 하려는 거다.

"알아. 하지만 우리에게는 아직 전광두가 남았지."

"전광두는 나중에 한다고 하지 않았어?"

"그 나중이 지금이야."

"음…… 어째서?"

"전광두가 대리인으로서 활동했잖아?"

"그랬지?"

"그러면 그 돈을 빼 간 계좌를 과연 누가 만들었을까?"

"어?"

그 말에 서세영은 깜짝 놀랐다. 그 생각은 안 해 봤으니까.

"전광두를 나중으로 뺀 이유는, 두 사람이 엮이지 않게 하려고 한 것도 있지만 전광두가 사건 당사자라는 이유로 증언을 거부하지 못하게 하려고 한 게 커."

실제로 노형진이 같이 고소했다면 아마도 전광두는 증언대에서 재판 중이라는 이유로 입을 다물었을 텐데, 그건 불법이 아니다.

“하지만 지난 증언에서 이미 대리증을 받아서 대리했다고 했지. 그러면 그놈이 과연 통장을 안 만들었을까?”

“그렇겠네. 돈을 받는 게 전광두의 책임이잖아?”

현재 확인한 바에 따르면 원정미의 이름으로 발급된 통장은 총 일곱 개다. 당연히 모두 원정미는 아는 바가 없다고 했다.

“그리고 그놈들은 각각의 계좌로 세입자들의 돈을 받은 다음에 현금 인출을 했지.”

무려 서른 가구의 돈을 그렇게 일곱 개 계좌로 받아서 빼돌렸다.

그리고 부동산을 하는 전광두는 그 부분에 대해 말도 안 했다.

보통은 하나의 계좌를 쓰기에 이상함을 느꼈어야 정상인데도 불구하고 말이다.

“그리고 은행이 바보는 아니야. 당연히 계좌를 만들 때 대리인의 신분증과 위임 확인서를 확인하지.”

즉, 은행에는 그 모든 기록이 있다는 거다.

“어? 그러면 책임은 전광두가 지는 건가?”

“정확해.”

모든 책임은 전광두가 지게 되는 거다.

물론 원정미가 위임장과 인감증명서를 내준 것은 확실히 해서는 안 되는 일이었다.

법적으로도 그런 경우 원정미가 책임지는 게 맞다.

"하지만 그건 어디까지나 은행 대 원정미 씨의 경우지."

만일 대리인 문제가 터지면 어떨까?

사람들은 보통 은행에 돈을 내놓으라고 소송을 거는데, 대부분의 경우 은행은 대리인을 믿고 행동한 것이기 때문에 책임이 없다고 판결이 난다.

"그래서 정확하게 소송하려면 대리인을 사칭한 범인에게 하는 게 맞지."

"하지만 보통은 돈을 빼돌려 두잖아."

"맞아. 하지만 전광두는 그러지 않았어. 아니, 못 했지."

설마하니 원정미가 자신들에게 소송을 걸 거라고는 생각도 못 했으니까.

"지난번 재판에서 김추광과 전광두는 상반된 입장에 처하게 된 거야."

그리고 상대방 변호사는 전광두라는 부동산 업자에 대해 책임이 없다.

"변호사의 제1 보호 대상은 의뢰인이야. 공범이 아니라."

"그러면 전광두는?"

"자기가 살기 위해서는 김추광에게 죄를 뒤집어씌워야 하지."

만일 그렇게 되지 않는다면?

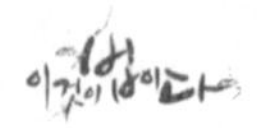

원정미는 그 계좌와 출금으로 인한 손해에 대해 전광두에게 책임을 물을 수 있게 된다.

물론 CCTV는 없지만 전광두의 위임장과 신분증을 은행에서 보관하고 있을 테고, 그런 경우 원정미는 전광두가 가지고 간 돈을 요구할 수 있게 된다.

"이 경우는 재판부에서 어떤 판단을 하겠어?"

은행에서 만든 적도 없는 계좌. 본인도 모르는 계좌다.

거기다 돈이 들어온 후에 그 돈을 누군가 야금야금 모조리 빼돌렸다.

"그런데 김추광의 변호사는 그걸 몰라?"

"모를 수도 있고 알 수도 있고. 하지만 전광두가 독박을 쓴다는 걸 안다고 해도 선택지가 없을걸."

변호사로서 보호 대상은 전광두가 아닌 김추광이니까.

당연히 전광두야 망하든 말든 신경 쓰지 않을 거다.

"문제는 선전포고할 권한이 우리한테 있다는 거지."

두 사람이 소송하는 거라면 그들에게 권한이 있겠지만, 노형진과 서세영이 전광두에게 소송한다면 두 사람은 그 책임 소재를 가지고 서로 싸워야 한다.

그러니 현시점에서 김추광의 변호사는 전광두를 보호하기 위해 어떤 행동도 할 수가 없다. 자기 의뢰인이 아니니까.

그리고 독박을 쓰게 된 상황에서 과연 전광두는 어떤 선택을 할까?

"답은 뻔하지, 후후후."

⚖

"미친, 내가 책임을 져야 한다고요?"

노형진은 김추광이 소송을 걸기 전에 먼저 형사와 민사로 전광두에게 돈을 반환하라고 횡령죄로 고소해 버렸다.

당연하게도 전광두는 다급하게 변호사를 찾아갔다.

그런데 전광두의 말을 들은 변호사는 혀를 끌끌 차며 말했다.

"네, 이 경우는 전 선생님이 모두 다 책임지셔야 해요."

40대 정도의 여자 변호사는 어쩔 수 없다는 듯 말했다.

"아니, 왜요? 내가 뭘 어쨌는데요?"

"대리인으로서 계좌를 만들고 기록을 남기셨잖아요? 그 계좌에서 수십억이 빠져나갔고요."

"아니, 그건 그렇지만 원정미 그년이 빼 간 거라니까요."

"일단 그게 문제예요. 원정미 씨는 두 다리가 없잖아요. 쉽게 이동하면서 업무를 볼 수가 없어요."

재판부 입장에서는 거동도 불편한 쪽방촌에 사는 사람이 주변을 돌아다니면서 돈을 빼돌린다는 것을 쉽게 믿을 리가 없다.

"일단 자기 계좌잖아요? 자기 계좌로 자기가 정당하게 받은 돈을 빼돌릴 이유가 없죠."

"그 돈을 안 주려고 그런 거라니까요."

"그건 이쪽의 주장이죠. 그리고 전광두 씨는 원정미 씨한테 통장이나 카드도 안 주셨다면서요?"

"그건……."

확실히 그랬다. 야금야금 돈을 빼돌리기 위해서는 그걸 가지고 있어야 했으니까.

"그걸 제가 했다는 증거 있습니까? 그걸 떠나서, 그년이 저 말고 다른 대리인을 선임했을 수도 있지 않습니까?"

2년간 다른 대리임을 선임하지 말라는 법은 없다.

"물론 그렇죠."

"그렇죠? 이길 수 있죠?"

"아뇨. 그래도 못 이겨요."

"네?"

"일단 다른 대리인을 선임했다는 건 우리 측 주장이 될 테니까요."

법의 원칙. 주장하는 자가 증명해야 한다.

하지만 현실적으로 그걸 증명할 방법이 없다.

"일단 당사자가 굳이 돈을 빼야 하는 이유도 없어요."

"아니, 왜요? 감추려 한다거나 그럴 수 있지 않아요?"

그 말에 여자 변호사는 눈을 찌푸렸다.

분명 소장을 읽었을 텐데도 여전히 이해를 못 하니 답답하기 그지없었다.

"두 다리가 없다는 건 단순히 이동이 불편한 수준이 아니에요. 소장에 나와 있잖아요."

"네?"

"원정미 씨가 지난 몇 년간 어떻게 생활해 왔겠어요? 집 밖으로 나가는 게 사실상 불가능하다시피 한데."

의족도 없으니 마트도 못 간다. 어찌어찌 마트를 간다고 해도 거기서 물건을 사 들고 올 방법이 없다. 자가용도 없으니까.

택시? 애초에 택시는 이 쪽방촌이 있는 안쪽까지 들어오지도 못한다.

택시 운전기사가 착하면 짐을 들어 줄지도 모르겠지만, 시간이 곧 돈인 택시 운전기사가 과연 굳이 도와주려고 할까?

"원정미 씨의 생활 방법은 모조리 배달이에요."

앱으로 주문하는 것만이 그녀가 물건을 보충할 수 있는 유일한 방법이었고 그렇게 5년을 살았다.

"당연히 결제는 전산으로 이루어졌고요. 이게 무슨 소리냐면, 현금으로 돈을 빼 뒀어도 그 돈을 쓸 방법 자체가 없었다는 거예요."

현대의 모든 계산의 기반은 전산과 카드다.

현금으로 돈을 쥐고 있는 사람이 사지가 멀쩡하다면 그것만큼 든든한 게 없겠지만, 집 밖으로 나가지도 못하는 사람은 현금을 아무리 쥐고 있어 봤자 쓸 방법이 없다.

물론 아는 집에 부탁해서 물건 먼저 받고 후불로 결제할 수는 있겠지만…….

"그 작은 쪽방에 수십억을 넣어 두는 게 가능할 리가 없잖아요."

만약 가능했다면 주변에서 벌써 문짝을 부수고 모조리 다 훔쳐 갔을 거다.

"그……."

"즉, 이 돈을 가지고 간 가장 의심스러운 사람은 전광두 씨라는 거죠."

"그러면……."

"네, 횡령죄가 성립될 거예요. 당연히 돈을 다 토해 내셔야 하고요."

"내…… 내 재산은요?"

수십억에 달하는 재산. 자신이 이 악물고 남의 피눈물을 쥐어짜 내서 모은 재산이었다.

"이미 가압류가 들어갔어요. 아마 못 찾으실 거예요."

그 말에 전광두는 숨이 컥 하고 막혔다.

"그렇게 되면……."

자신은 망하지만 자신의 재산은 원정미를 거쳐서 김추광에게 가는 꼴밖에 되지 않는다.

"아니, 김추광은요? 그 새끼가 주범인데요?"

"그 사람은 아예 원정미 씨를 모른다면서요?"

"그렇게…… 주장하고 있습니다만……."

"그러면 답이 없죠, 뭐. 아마…… 김추광 씨가 그 재산을 가지고 갈걸요."

"네?"

"이 소장에 뭐라고 적혀 있느냐면, 추광건설에 지급해야 할 공사비 전액을 전광두 씨가 횡령했다고 되어 있어요. 그 말은, 전광두 씨에게서 돈을 받으면 김추광 씨에게 지급한다는 소리죠. 제대로 읽어 보셔야지요."

"이런…… 개…… 같은 새끼가?"

전광두는 그 말에 눈이 획 돌아갔다.

그러니까 김추광이 지금까지 사기 친 돈을 먹고도 다시 한번 전광두 자신을 등쳐서 그의 돈마저 빼돌린다는 것으로 들렸으니까.

물론 김추광은 그걸 원하지 않을지도 모르지만 노형진 측은 그렇게 주장할 가능성이 크고, 실제로 돈을 준 기록도 없다.

그러니 노형진이 전광두에게서 돈을 받으면 주겠다는 식으로 나와 버리면 김추광은 좋든 싫든 전광두에게서 돈을 빼앗는 형태가 되어 버리는 거다.

"이건 못 이겨요."

담담하게 고개를 흔드는 변호사의 말에 전광두는 입술을 깨물었다.

"만일…… 사건이 좀 다르다면요?"

"다르다니요?"

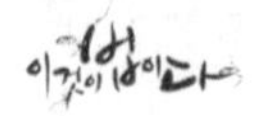

"사실……."

전광두는 사실대로 말했다.

건물을 날림으로 짓고 강제로 분양해 버리는 하나의 사기 방식이라고, 원정미를 이용해서 그 방식으로 보증금을 빼돌린 거라고.

"네?"

그 여자 변호사는 그런 방법이 있다는 걸 몰랐기에 깜짝 놀랐다.

하긴, 노형진도 최근에 새로 생긴 사기 방법이라고 알고 있을 정도이니 혼자 일하는 변호사는 정보가 느릴 수밖에 없었다.

"그런 거라면…… 방법은 하나뿐이에요."

"김추광을 끌어들이는 건가요?"

"그러지 않으면 책임은 모두 전광두 씨가 지셔야 해요."

그 말에 전광두는 입술을 깨물었다.

⚖

전광두는 당장 노형진에게 연락해서 다음 증언에서 사실대로 말하겠다며 대신에 선처를 부탁한다고 했다.

노형진은 그런 그와 협상했고, 다음 재판이 시작되자 그의 입에서는 진실이 튀어나왔다.

"해당 건물은 애초부터 제대로 지을 생각이 없었습니다.

그리고 그 건물을 지은 건 김추광이 맞습니다. 김추광이 추광건설을 통해 건축한 겁니다만 원자재를 어마어마하게 빼돌렸습니다."

그 말을 들은 김추광의 변호사는 얼굴이 사색이 되어서 소리를 빽 질렀다.

"재판장님, 이의 있습니다!"

"말씀하세요."

"에…… 그러니까……."

일단 이의가 있다고 내지르긴 했으나 증언에는 문제가 없었다.

"지금 증인은 거짓말을 하고 있습니다."

"증거 있습니까?"

"그건……."

없다. 일단 입 한번 틀어막아 보자고 내지른 것뿐이니까.

당연히 김추광의 변호사는 입을 다물었고, 김추광의 손과 발은 와들와들 떨렸다.

"그 일을 저랑 같이하자고 제안한 게 김추광입니다."

배신이라는 건 웃긴 거다.

배신하게 되면 모든 걸 상대방에게 뒤집어씌운다.

전광두 역시 마찬가지. 배신하기로 결심하자 확실하게 김추광에게 죄를 뒤집어씌웠다.

"그러니까 증인의 말에 따르면 이게 최근에 새롭게 개발된 사기 방법이라는 겁니까?"

"그렇습니다. 몇 년 전 전세 대란 때 깡통 전세 사건에서 만들어진 방식의 사기입니다."

터무니없는 가격에 세를 놓고, 그 후에 진실을 알게 될 때쯤에는 건물을 경매로 넘겨 버리는 새로운 분양 사기.

지금까지 단 한 번도 언론에 그리고 경찰에 걸린 적이 없는 사기의 등장에 판사들의 얼굴이 딱딱하게 굳었다.

그리고 기자들 역시 그 사실을 빠르게 퍼 나르기 시작했다.

오늘 증언이 예정되어 있는 것을 아는 노형진이 언론사에 연락했기 때문에 온 사람들이었다.

"이 방식의 사기는……."

"이 개자식!"

결국 보다 못한 김추광이 튀어 나가려고 했다.

하지만 그 순간 변호사가 그를 말렸다.

"진정하세요!"

"진정? 진정하게 생겼어? 저 새끼가 나한테 다 뒤집어씌우잖아! 이걸 하자고 한 건 저 새끼야! 내가 아니라!"

악에 받친 듯 소리를 지르는 김추광. 그리고 그런 김추광을 무시하면서 자기 할 말만 하는 전광두.

"이 사기의 자금은 전액 김추광이 가지고 갔습니다. 저는 진짜로……."

그리고 노형진과 서세영은 개판이 된 재판정을 보면서 씩 하고 웃었다.

"내가 말했지, 통찰력을 가지라고?"

"그러게. 통찰력이라……."

서로 물어뜯는 두 사람을 보면서 서세영은 많은 걸 배울 수 있었다.

진실이 드러난 후에 세입자들의 돈을 돌려받는 건 어렵지 않았다.

김추광과 전광두 그리고 동하동은 합의를 위해 있는 돈 없는 돈 다 긁어 와서 싹싹 빌었기 때문이다.

동하동의 경우는 정부에 의해 몰수 결정이 떨어지면 어차피 개털이 되기 때문에, 전광두의 경우는 김추광과의 재판에서 유리한 증언을 받기 위해, 김추광은 손해배상금이라도 줄여 보자는 절박함 때문에 가진 현금을 싹 다 가지고 왔고, 그건 의외로 보증금 이상이 되었다.

"감사합니다. 진짜로 감사합니다."

조원호와 남애주를 비롯한 세입자들은 안도의 한숨을 내쉬면서 이사했고, 30가구짜리 빌라는 텅 비어 버렸다.

"이 건물은 사람이 살 만한 공간이 못 되니까."

당장 무너지지는 않겠지만 세입자들의 말에 따르면 사람이 살 수는 없는 곳이라고 한다.

"감사합니다."

그러면 원정미는 어떻게 되었을까?

당연하게도 원정미에게 현금은 거의 남지 않았다. 하지만 그 대신에 서울 한복판의 땅이 남았다.

빌라를 지은 땅 역시 그녀의 이름으로 산 거니까.

돈이야 범인들이 냈지만.

"그런데 땅은 돌려주지 않아도 되는 건가요?"

"네. 법적으로 돌려주지 않아도 됩니다."

법원에서의 판결은 확고하다. 명의자가 제3자라면 그걸 돌려 달라고 할 수는 없다.

설사 그걸 자기들이 샀다고 하더라도 말이다.

더군다나 이번에는 사기를 목적으로 한 상황.

소송을 걸어 봐야 그 땅을 돌려받을 가능성은 없다.

"그쪽도 바보는 아니니까요."

어떤 변호사를 찾아가든 답은 똑같을 거고 소송비만 날리는 처지가 될 테니 소송도 포기할 거다.

한다고 해도 이길 수 있고.

"돈을 벌어 준다고 하시더니 절 부자로 만들어 주셨네요. 너무 감사해요."

원정미는 눈물을 찔끔 흘리며 말했다.

이제 쪽방에서 죽음만 기다리는 처지가 된 줄 알았는데 갑자기 어마어마한 재산이 생긴 것이다.

"아, 아직 돈을 다 벌어 드린 거 아닌데요?"

노형진은 원정미를 보면서 미소를 지으며 말했다.

"생활을 하셔야 하니 안정적인 수익을 내셔야지요."

"네? 하지만…… 다리가 이래서……."

휠체어에 앉은 채로 원정미는 자신의 하반신을 내려다보았다.

자식들이 의족조차 해 주지 않아서 텅 비어 있는 두 다리.

"그러니까 저 빌라를 써먹어야지요."

그 말에 서세영이 입맛을 다시며 말했다.

"오빠, 저기에는 사람 못 살아. 들었잖아. 그리고 나도 들어가 보니까 장난 아니더라."

단열도 안 되고 소음 차단도 안 된다. 세입자들이 돈 때문에 싸운 것도 있지만, 저런 집에서 살면 사람이 거의 반 미친다고 봐도 과언이 아닐 거다.

"알아. 사람은 못 살지. 하지만 그건 사람만 못 사는 거지."

"응?"

그 말을 서세영은 이해하지 못했다.

"그럼 다른 걸 살게 한다는 거야?"

"살아 있는 게 들어갈 이유는 없지. 창고로 쓰면 돼. 아니면 임시 주거지나."

"창고? 임시 주거지?"

"이사할 때, 모든 사람들이 다 시기가 맞는 건 아니야."

물론 대부분의 사람들은 그 시기에 맞춰서 이사하지만 때때로는 그러지 못하는 경우도 있다.

집주인이 나가라고 했는데 갑자기 부동산 가격이 폭등해서 매물이 없거나 하는 경우는 엄청나게 많다.

"그런 경우에 가장 머리 아픈 게 뭔지 알아?"

"뭔데?"

"짐이야."

사람이 살아가는 데에는 엄청나게 많은 물건이 필요하다.

평소에는 잘 모르지만 이사할 때는 그 안에서 나오는 짐의 양이 터무니없이 많다는 걸 알게 된다.

"사람이야 어디서든 잘 수 있지."

친구나 친척집에 신세를 진다거나 모텔 같은 곳에서 잘 수 있다. 하지만 짐은 그럴 수가 없다. 빼자니 둘 곳이 없고, 그렇다고 몽땅 버릴 수도 없다.

"어? 확실히 그러네. 그러면 그 짐은 어떻게 해?"

"보통은 컨테이너를 빌려서 거기에 넣어 두거든."

하지만 그 비용이 싼 것도 아니고, 관리도 제대로 하기 힘든 게 사실이다.

일단 컨테이너에 넣을 때에는 마구잡이로 쌓아 두거나 하는데, 필요한 게 생기면 그때마다 컨테이너를 열고 그 안을 뒤적거려야 하기 때문이다.

결정적으로 컨테이너는 층층이 쌓아서 보관되기 때문에 뭔가를 꺼내야 할 때 위치가 좋지 않으면 다른 컨테이너까지 움직여야 한다.

"그런 사람들이 임시로 살 수 있는 공간으로 쓰기에는 충분할 거야."

"하지만 사람이 살 수가 없는 수준이라며?"

"임시로 사는 사람들은 어느 정도 참으니까. 그리고 애초에 짐만 쌓아 두는 거라면 상관없지."

짐만 두는 공간에 단열과 소음 방지는 의미가 없다.

"다만 사람이 단기간 살게 된다면, 그 주변으로는 창고 방을 배치하면 돼."

주변에 사람이 살지 않는 공간만 배치하면 잠깐은 살 수 있을 것이다. 물론 일정 부분 불편함은 감수해야 하겠지만.

"허물지 말고?"

"어차피 여기는 곧 허물어질 거야."

"아, 그러겠네."

상상동은 현재 재건축조합이 빠르게 만들어지고 있다. 지난번 사건 이후에 사람들의 의기투합했기 때문이다.

조만간 재건축될 지역이라면 굳이 돈을 들여서 건물을 부술 이유가 없다.

"아마 거기에서 나오는 돈으로 생활비는 충분할 겁니다."

노형진의 말에 원정미는 눈물을 흘리며 그의 손을 꽉 잡았다.

"감사합니다. 감사합니다."

그녀가 할 수 있는 최선의 표현이었기에 노형진은 그저 웃을 뿐이었다.

이걸 자식이라고

서세영은 사건이 끝난 후에도 원정미를 종종 챙겼다.

그녀도 어떻게 보면 피해자고, 더군다나 두 다리가 없기 때문에 생활도 불편했으니까.

다행히 원정미가 소송에서 이기면서 땅도 그녀의 명의로 확실하게 굳어졌고 세입자들도 자기 돈을 챙겨서 나간 덕분에 그녀의 미래에 그다지 문제는 없을 거라 생각했다.

하지만 그건 아직 서세영이 세상을 모른다는 증거였다.

"놔! 안 놔? 놔, 이 썅년아!"

"너부터 놔! 이 개 같은 년아!"

원정미는 남은 돈으로 주변에 있는 작은 빌라를 찾아 들어갔다.

신축 빌라인지라 엘리베이터도 있고 제법 좋은 의족도 달아서 생활에 지장이 없을 거라 생각했다.

그런데 서세영이 그녀의 집에 안부 확인차 갔을 때 목격한 것은, 네 명의 남녀가 멱살 잡고 싸우고 있는 모습이었다.

"뭐야?"

빌라 앞에서 머리채 붙잡고 싸우고 있는 두 여자와 서로 멱살을 붙잡고 있는 두 남자.

"이 새끼야! 너 같은 새끼를 동생이라고……!"

"지랄. 난 너 같은 새끼를 형이라고 둔 적 없어!"

그들은 코피를 질질 흘리면서 싸우고 있었다.

그 모습을 지켜보던 서세영은 헛웃음이 나왔다.

"뭐 하는 짓거리래?"

서세영은 그들을 피해서 슬쩍 안으로 들어가 엘리베이터를 타고 원정미의 집으로 향했다.

"원정미 씨."

"아, 서 변호사님 오셨어요."

의족과 목발에 의지해서 나온 원정미는 금방 문을 열어 줬다. 서세영은 가지고 온 과일을 내밀면서 안으로 들어갔다.

"요즘 잘 지내시죠?"

"네, 별문제는 없어요."

"그놈들이 찾아오거나 하지는 않고요?"

"제가 여기에 있는 것도 모를 텐데요. 그리고 사기로 재판

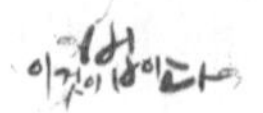

중이라 찾아올 일도 없을 테고요."

"그러면 다행이죠."

서세영은 고개를 끄덕거리면서 그녀가 권하는 대로 자리에 앉았다.

"아, 오다 보니까 집 앞에서 미친놈들이 싸우는 것 같던데, 이사 가셔야 하는 거 아니에요?"

서세영도 집 근처에 미친놈이 있으면 얼마나 삶이 힘들고 팍팍해지는지 알기에 걱정스럽게 물어볼 수밖에 없었다.

"아, 그게……."

원정미는 그 말에 쓰게 웃었다.

그리고 긴 한숨을 쉬면서 그녀에게 캔 커피를 내밀었다.

목발을 써야 하는 그녀가 커피를 타 줄 수는 없었기 때문이다.

"제 아들들이에요."

"네?"

서세영은 자신이 말을 잘못 들은 줄 알았다.

"아드님들이라고요?"

확인하듯 묻는 서세영의 말에 원정미가 쓰게 웃었다.

"제 아들하고 며느리…… 들이 맞아요."

"아니, 미친 새끼들이 여기가 어디라고……. 아, 죄송합니다."

"아니에요. 제 자식이지만 욕먹을 만하죠."

원정미 역시 자식들을 편들어 줄 수가 없었다.

당연한 게, 원정미를 내다 버린 사람들이 다름 아닌 그들이기 때문이다.

원정미는 두 아들을 결혼시키고 사고로 다리를 잃었다.

그런데 아들 부부들은 장애를 가지게 된 원정미를 케어하는 걸 거부하고 그녀를 작은 쪽방에 버려 버렸다.

처음에는 쪽방 비용이라도 내는가 싶었지만 금방 서로 누가 더 내느냐고 싸웠고, 나중에는 아예 보내 주지도 않았다.

그렇게 최소한의 생활비조차 없게 된 상황이 결국 원정미가 사기에 가담하는 가장 큰 이유가 되었다.

목구멍이 포도청이라고, 굶어 죽을 수는 없었기 때문이다.

"그런데 왜 저기서 저러고 있어요?"

"저를 서로 모셔 가겠다고요."

"네?"

서세영은 기가 막혔다.

"이제 와서요?"

"네, 이제 와서 그러네요."

"아니, 왜…… 아……."

서세영은 그 네 사람이 저렇게 머리끄덩이 붙잡고 싸우는 이유를 알 것 같았다.

이제 원정미는 부자니까.

물론 사기꾼들에게서 받은 돈은 모두 세입자들이 가지고

가서 현금 자체는 별로 없다. 그마저도 이 빌라를 구하느라 고 다 썼다.

하지만 그녀의 명의로 되어 있는 빌라 주택지가 여전히 남아 있다.

서울에 3동짜리 빌라를 지을 정도 되는 땅의 가격이 결코 쌀 리가 없다.

물론 그 위에 쓸모없는 건물이 있기는 하지만 그 부지만으로도 수십억의 가치를 가진다.

사기꾼들은 원정미에게 죄를 뒤집어씌우기 위해 그녀의 명의로 땅을 샀고, 이에 대한 법원의 원칙은 확고했다.

명의자의 권리를 인정하는 것.

노형진이 원정미에게 말한 돈 벌어 볼 생각 없느냐는 말이 바로 그것이었고, 그 덕분에 원정미는 한 방에 수십억짜리 서울의 대지를 가진 땅 주인이 되었다.

"거기다 노 변호사님이 건물도 철거하지 말라고 하셔서."

"딱지 때문에 그러실 거예요."

"네, 그 말씀 하시더라고요."

무려 30가구나 되는 빌라다. 현재 상상동에서는 재건축조합이 활발하게 활동을 시작한 상황이니, 재건축조합이 안착하면 아마 재건축이 시작될 거다.

그런데 현행법상 재건축 시에 소위 '딱지'라고 하는 입주권은 한 가구당 하나씩 나온다. 실제로 그걸 노리고 재건축 지역에서 싼 빌라를 집중 투자하는 투자 전력도 있을 정도다.

그런데 원정미의 땅에는 30가구나 되는 빌라가 있다. 그 말은 30개의 입주권이 있다는 소리다.

보통 서울이라고 하면 입주권 하나에 최하 2억 이상 나온다. 이는 즉, 가만히 쥐고만 있어도 무려 60억이라는 프리미엄이 붙는다는 뜻이다. 거기다 건물의 가격은 또 별개인지라 결과적으로 시간이 좀 지나면 100억대 수익은 쉽게 나올 것이다.

"그걸 알고 저러네요."

서세영은 그 말에 눈을 찡그렸다.

하긴, 저런 상황은 생각보다 흔하다.

"전에도 비슷한 사건이 있었죠."

"뭔데요?"

"아, 어떤 할아버지를 자식들이 버린 적이 있거든요."

할아버지가 노쇠하자 자식들은 서로 못 모시겠다고 버렸다.

다만 원정미의 경우와 다른 건, 그 할아버지가 엄청난 재력가였다는 거다.

하지만 어차피 아버지가 살날도 얼마 안 남았으니 곧 그 재산이 자기 것이 된다고 생각한 자식들은 굳이 귀찮게 아버지를 모실 생각이 없었다.

그 때문에 그 할아버지는 홀로 아파트에 방치되어 있었다.

당연히 나이가 많은 노인 홀로 생활을 이어 가는 건 쉽지가 않았다. 거동도 불편하고 밥도 할 줄 모르는 노인이었으니까.

그래서 노인은 자신을 도와줄 가정부를 하나 구했다.

그런데 아무래도 숙식을 집에서 해야 한다는 조건 때문인지 사람이 구해지지 않았고, 결국 구해진 건 그 노인보다 열 살 정도 어린 사실상 같은 할머니였다.

그 할머니도 갈 곳이 없는 처지였기에 노인 수발이나 들면서 노후를 정리할 생각이었던 것.

“그런데 뭐 그렇잖아요, 결혼하면 의리로 산다는 그런 거.”

“무슨 말인지 알 것 같네요.”

사람이 나이를 먹었다고 과연 사랑이 없을까?

물론 젊은 사람들처럼 불타는 사랑은 하지 않는다. 하지만 마치 전우처럼, 그리고 동료처럼 마지막을 천천히 불태운다.

두 사람이 그랬다.

몇 년을 같은 집에 살다 보니 정이 들었고, 동병상련이었던 두 사람은 사용자와 고용인보다는 마치 부부같이 생활하기 시작했다. 그리고 결국 할아버지는 자신을 챙겨 준 그 할머니를 정식으로 아내로 맞이하려고 했다.

“그러니까 개판 난 거죠.”

아버지만 죽으면 그 많은 재산이 모조리 자기 것이 된다고 생각하고 코빼기도 내비치지 않던 자식들은 결사적으로 결혼을 반대했다.

그도 그럴 게, 사람이 죽으면 재산 분할에서 가장 많은 비율을 가지는 게 배우자이기 때문이다.

정확히는 50%는 배우자가, 나머지 50%는 자식들이 가지게 된다.

문제는 그 할머니 역시 자식이 있었다는 것.

그것도 두 명이나.

동병상련이라는 게 단순히 같이 늙어 가는 걸 뜻하는 게 아니라 자식들에게 버려진 것에 대한 동병상련이었던 거다.

문제는 두 사람이 결혼하게 되면 할머니의 자식 두 명도 노인의 자식으로 인정되기 때문에 50%의 재산을 네 명이서 나눠야 한다는 것이다.

재산을 50 대 50으로 나눌 생각을 하다가 졸지에 고작 12.5% 정도만 받을 처지가 된 자식들은 그 후부터 개싸움에 들어갔다.

결혼을 막겠다고 문을 부수고 들어와서 아버지를 강제로 끌고 간 형. 그리고 그런 형이 아버지를 속여서 재산을 더 가지고 갈까 봐 형을 납치로 신고한 동생.

12.5%라고 해도 워낙 재력가였던 할아버지인지라 그마저도 수십억 단위였기에, 어떻게 해서든 두 사람을 결혼시키려고 멱살 잡고 싸우는 할머니 측 자식들.

결국 동생이 경찰을 대동한 채 형 집의 문을 부수고 들어가서 할아버지를 끌어내다가 연락받고 온 형과 멱살을 잡고 싸우기까지 했다.

"그런 일이 있었나요?"

"말도 마세요……. 진짜 돈 때문에 저렇게까지 하나 싶더라니까요."

서세영은 고개를 절레절레 흔들었다.

"결국 그 사건은 어떻게 되었나요?"

"할머니, 할아버지가 질려 버렸죠."

어차피 두 사람 다 생이 얼마 남지 않았고, 자식들이 돈 때문에 그 짓거리 하는 게 좋아 보일 리도 없었다.

결국 할아버지는 증여할 건 증여하고 기부할 건 기부해서, 노후를 보낼 정도의 재산과 아파트 한 채만 남기고 모조리 정리했다.

"그 후에 또 소송이 벌어졌고요."

할아버지 사후에, 할아버지가 증여한 재산을 내놓으라고 할머니 측 자식들이 소송을 걸고, 할아버지 측 자식들은 기부받은 사회단체에 돈을 내놓으라고 소송을 걸었던 것.

"그분들 마음이 이해가 가네요."

원정미는 긴 한숨을 내쉬었다.

하긴, 자식이라고 해도 그런 꼴을 보인다면 좋게 볼 수는 없을 테니까.

"솔직하게, 마음이 어떠세요?"

"땡전 한 푼 주기 싫어요."

"그게 정상이겠죠."

치매에 걸린 것도 아니고 단순히 다리를 잃었을 뿐이다.

그녀는 누구의 도움도 받지 않고 5년을 살아남았다.

지금도 의족을 차고 목발을 하고 천천히 걸어 다니면서 자기 일은 스스로 한다.

외부로 나갈 때는 전동 휠체어가 필요하지만, 진짜 화장실도 못 가는 그런 사람은 아니다.

그런데도 자신을 버려 버린 자식들을 과연 용서할 수 있을까?

"그런데 법적으로 안 줄 수가 없다면서요?"

"네. 뭐, 최소 상속분이 있어요. 유류분이라고."

"그러니까 그냥 제 마음대로 쓰다가, 죽으면 알아서 하라고 하려고요."

"그게 좋겠네요."

모든 것을 다 내려놓은 듯 덤덤한 원정미의 말을 들은 서세영은, 이때까지만 해도 별문제가 없을 거라고 생각했다.

⚖

"응?"

재판을 마치고 나오던 서세영은 습관적으로 핸드폰을 확

인하다가 고개를 갸웃했다.

"이건 뭐지?"

재판할 때는 핸드폰을 꺼 놔야 하기 때문에 당연히 재판정에서 나오자마자 가장 먼저 하는 게 핸드폰의 확인이다.

그런데 핸드폰을 보던 서세영은 왠지 기분이 이상해졌다.

—ㅇ룡ㄱㅎ.

아무렇게나 눌린 문자. 문장은커녕 제대로 형태도 갖추지 못한 글자들.

장난으로 보낸 건 아닌 듯했다.

보낸 사람이 다름 아닌 원정미였으니까.

"어째…… 느낌이 이상한데?"

원정미는 이런 장난 문자를 보낼 만한 사람이 아니다. 조심스럽게 예의를 지키는 타입이지.

물론 친해지면 장난칠 수야 있겠지만 글쎄. 변호사와 의뢰인이라는 특성상 친해지는 것에는 분명 한계가 있다.

그렇기에 장난으로 이런 문자를 보낼 사람은 절대 아니다.

서세영은 영문 모를 불안감을 느끼면서 원정미에게 전화를 걸었다.

—삐 소리 후 소리샘으로 연결되오며…….

그리고 들려오는 안내 소리. 전화기가 꺼져 있다는 소리였다.

서세영은 주저하지 않았다.

"오빠, 난데 바빠?"

-아니, 일하고 있지. 왜? 재판 이제 끝난 거야?

"그렇기는 한데, 지금 원정미 씨가 연락이 안 돼."

-원정미 씨가?

"응, 이상한 문자를 보내서 전화해 보니 전화기가 꺼져 있어."

그 말에 노형진은 바로 움직이기로 했다.

-거기서 바로 원정미 씨 집으로 가. 나도 그곳에 갈 테니까.

"알았어. 거기서 보자."

서세영은 바로 자신의 차를 끌고 원정미의 집으로 향했다.

그녀가 도착했을 때는 노형진도 막 도착한 시점이었다.

"원정미 씨는?"

"없어."

집을 둘러보던 노형진은 고개를 좌우로 흔들었다.

"없어."

"어디 가신 건 아니고?"

"아니야."

집의 비밀번호는 알고 있기에 들어가는 건 어렵지 않았다.

그런데 그 안에 전동 휠체어도, 목발도, 심지어 의족도 다 있었다. 오로지 사람만 없을 뿐이었다.

"아니, 어떻게 된 거야?"

"잠깐 기다려 봐. 경찰하고 보안 업체를 불렀으니까."

최근 신축 빌라는 보안을 확실하게 하기 위해 CCTV를 달기 때문에 보안 업체를 통해 CCTV 영상을 확인하는 건 어려운 일이 아니었다.

그리고 얼마 뒤, 두 사람은 CCTV를 확인했다.

그런데 CCTV 화면에 보인 모습은 진짜 어이가 없었다.

"가관이네, 진짜."

CCTV에는 큰아들의 모습이 찍혀 있었다.

그는 열쇠공으로 보이는 사람의 힘을 빌려 문을 열고 집 안으로 들어갔다. 그리고 원정미를 강제로 끌고 나왔다.

버둥거리는 어머니를 강제로 둘러업은 그는 그녀가 어디론가 전화하기 위해 핸드폰을 들자 빠르게 쳐 내 바닥에 떨어트린 뒤 주워서 주머니에 집어넣었다.

"뭐 하는 짓거리래요?"

"흠."

노형진은 영상을 보며 눈을 찡그렸다.

두 다리가 없는 원정미로서는 저항할 수 있는 마땅한 방법이 없었고, 결국 속절없이 끌려 나갔다.

"이거 경찰에서 나서야 하는 거 아닙니까?"

보안 업체 직원은 곤혹스러운 얼굴로 옆에 있는 경찰을 바라보았다.

그러자 경찰 역시 곤란한 표정을 지었다.

"이분, 첫째 아드님이라면서요? 그러면 저희도 할 수 있는 게 없어요."

존속살해나 학대라면 모를까, 자기가 모시겠다고 강제로 끌고 가는 것에 대한 처벌 규정은 없다.

당연히 경찰이 뭐라고 할 수도 없다.

"이거 납치 아니에요?"

"글쎄요. 어찌 되었건 친자식인데 납치로 보기도 그렇고……."

물론 납치가 아닌 건 아니다. 이런 경우도 납치라고 봐야 한다.

하지만 경찰 입장에서는 일만 만드는 거고 귀찮으니까 대충 넘어가려고 하는 거다.

이런 건 수사해 봐야 피해 당사자가 부정해 버리면 헛짓거리가 되니까.

그리고 대부분의 경우 피해 당사자는 모른 척한다.

왜냐하면 친아들이니까. 친아들을 감옥에 보내고 싶어 하는 사람은 없으니까.

그래서 경찰은 가족 문제라고 하면 무조건 모른 척한다.

심지어 가족 간 폭행조차도 그런 경향이 심해서, 눈앞에서 두들겨 맞는데 뒤에서 뒷짐 지고 구경만 하면서 하지 말라고 말만 하는 경우도 있었다.

"그러니까 수사를 안 한다고요?"

서세영은 기가 막혀서 경찰을 노려보았다.

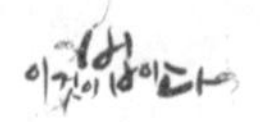

다른 사람도 아닌 노형진이 옆에 있는데도 그런 말을 하는 경찰의 모습에 놀라움을 금할 수가 없었다.

"뭐, 이해해."

경찰서도 아니고 순찰을 도는 지구대 소속 경찰이 노형진과 엮일 일은 별로 없으니까.

"하지만 그렇다고 해서 그냥 넘어갈 수는 없지."

명백하게 납치다.

저들이 원하는 건 하나다. 바로 돈.

어떻게 해서든 돈을 뜯어내기 위해 모신다는 핑계로 강제로 끌고 간 것이다.

돈을 주면? 아마 원정미를 다시 쪽방에 내던질 게 뻔하다.

'그 과정에서 원정미 씨가 받을 심리적 고통은 이루 말할 수 없을 테고 말이지.'

그걸 알기에 노형진은 이대로 지켜보고만 있을 수는 없었다.

"그러면 이렇게 하죠."

"네?"

"저희가 납치 살인이 의심된다고 신고하겠습니다."

"납치 살인요?"

"네."

"에이, 설마요?"

경찰은 대수롭지 않은 일이라는 듯 피식 웃으며 말했다.

"부모 자식 간이라고 해도 뭐, 살다 보면 싸우기도 하고 그러는 겁니다."

심지어 노형진에게 마치 훈계라도 하듯 말하는 모습에 서세영은 기가 찼다.

'이러니 사람들이 경찰을 못 믿지.'

보호해야 하는 입장인 경찰이 자기가 귀찮다고 대충 둘러대면서 일하지 않으려고 하니 사람들이 믿지 못하는 거다.

"그래요?"

물론 노형진도 그런 것쯤은 안다. 그래서 핸드폰을 꺼내서 그에게 들이밀었다.

"납치된 분은 수백억대 자산가지요. 아들은 지금 그 재산을 노리고 있고요. 만일 여기서 아드님의 목적이 어머니를 죽이고 그 돈을 상속받는 것이라면 살인의 가능성도 있습니다."

"네?"

"자, 여기다 대놓고 말하세요. 나는 일하기 싫다, 그래서 이 사건을 무시할 거다."

"아니, 무시한다는 게 아니라……."

녹음 어플을 켜고 들이밀자 주춤주춤 물러나는 경찰.

그는 희번덕거리는 노형진의 눈빛에 얼어붙을 수밖에 없었다.

"간단한 겁니다. 그냥 말씀하세요. 일하기 싫다, 노인네 하나 죽든 말든 내 알 바 아니다."

"아니, 그런 의미가 아니지 않습니까?"

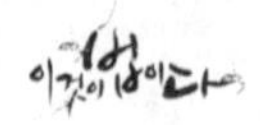

"아, 혹시나 피해자가 털끝이라도 다친다면 그때는 녹음 파일을 인터넷에 뿌려 버릴 겁니다."

"수……사할게요."

"아뇨, 필요 없습니다. 그건 알아서 하겠습니다. 여기다 대놓고 말하세요! 나는 일하기 싫다! 나는 피해자를 구해 주기가 귀찮다!"

"아니라니까요. 그 정도는 아닌데!"

"아닌데 왜 일을 안 합니까?"

"……."

"대놓고 말하라니까요? 나는 일하기 졸라리 싫다. 피해자가 죽든 말든 나는 신경 쓰지 않을 거다!"

"제…… 제발 그만하세요."

노형진은 핸드폰을 들이밀면서 윽박을 질렀고 경찰은 거의 울상이 되었다.

"말하기 싫어요? 서장이랑 감사실에 불러 놓고 말씀하게 할까요?"

"제대로…… 하겠습니다. 제대로."

그는 다급하게 말했고, 그제야 노형진은 꽉 잡고 있던 손을 놔줬다.

"제대로 하시는 게 좋을 겁니다."

"네, 알겠습니다."

다급하게 경찰차로 달려가는 경찰.

그 뒷모습을 보면서 노형진은 피식 웃었다.

그때 서세영이 조심스러운 어조로 물었다.

"그렇게 몰아붙여야 해, 오빠? 뭐, 확실히 일은 열심히 하겠는데."

"시간을 아끼려고 그래."

"시간?"

"우리가 살인의 가능성이 있다고 생각하고 납치를 신고하면 저 사람들은 뭐라고 할 것 같아?"

"어…… 아, 그러겠네."

일단 사건을 접수하고 경찰서로 같이 가자고 하고 조서를 쓴 뒤 그걸 기반으로 소환장을 보낼 거다.

그럼 빨라야 4일은 걸릴 텐데, 그 기간 동안 원정미는 집에서 엄청나게 압박을 받을 거다.

혹시 큰아들이 원정미를 잘 챙겨 주면서 추후에 재산을 물려받을 가능성을 높이려고 할까?

그럴 리가 없다. 그럴 놈이라면 납치도 하지 않는다, 그냥 설득하지.

"아마도 윽박질러서 재산을 증여받으려고 하겠지."

마치 제 돈인 양 내놓으라고 지랄할 게 뻔하다.

그리고 원정미가 거기에 굴복할 수도 있는 일이다.

어찌 되었건 자식이고, 원정미는 마음이 독한 사람이 못 되니까.

"그러니까 가능하면 빨리 거기서 꺼내 와야 해."

"그래서 압박한 거야?"

"그래."

사실 경찰차에서는 개인 정보를 찾을 수 있다. 그래야 검문검색을 하니까.

그리고 바로 큰아들의 집에 들이닥칠 수 있다.

노형진이 살인 가능성에 대해 언급했으니 경찰은 긴급 상황이라고 판단하고 그렇게 할 권한이 있다.

"경찰이 일하기 귀찮다고 방치하다가 벌어지는 살인 사건이 얼마나 많은지 너도 알잖아."

"매년 수십 건은 되기는 하지."

스토커가 붙었다든가, 전 남자 친구가 쫓아다닌다든가, 아니면 다른 문제로 위협당했다든가 하는 일로 경찰에 신고하면 어떻게 될까?

아마 99%는 '우리가 해 드릴 게 없어요.'라고 할 것이다.

실제로 자칭 살인범 출신이라는 놈에게 주차 문제로 협박당했다고 경찰에 신고했을 때, 경찰은 그 살인범 출신의 협박범을 처벌한 게 아니라 피해자를 불러들여서 '걔가 그럴 애가 아닌데.'부터 시작해서 온갖 압박을 했다고 한다.

더 웃긴 건 뭐냐면, 그 협박을 당했다는 사람은 그 사람을 협박으로 고소한 것도 아니라는 거다.

그냥 인터넷에다가 글을 올린 상황이었는데, 경찰이 먼저 인터넷에 글을 올린 사람의 신상을 털고 그를 불러 위협하면서 '네가 뭔데 우리 창피하게 이러냐? 입 닥치고 있어라.'라고 역으로 협박한 것이었다.

"경찰이 예방해 준다? 그런 개소리가 어디 있어? 미안한데 한국에서 예방이라는 건 없어."

대부분의 사건에서 경찰은 중간에 막을 수 있어도 모른 척하는 걸 선호한다. 그래야 자기가 일을 할 필요가 없으니까.

나중에야 그저 '진짜 죽일 줄 알았나.'라고 변명할 뿐, 애초에 그런 위협을 당해서 신고한다는 걸 경찰은 애써 모른 척하는 거다.

"일단 원정미 씨부터 구하고 나서 다음을 생각하자."

⚖

집을 찾는 건 어렵지 않았다.

당연하게도 그들은 집을 찾아온 경찰과 노형진 일행에게 문을 열어 줄 생각이 없었다.

"경찰입니다."

–경찰이 무슨 일이에요!

인터폰 너머에서 들리는 뾰족한 목소리.

"여기에 원정미 씨 계시죠? 열어 주세요."

–그분은 저희 어머니이신데, 왜 찾아오신 거죠?

"납치 의심 신고가 들어왔습니다. 문부터 좀 열어 주시고 이야기를 나누시죠."

—자식이 어머니를 모시고 왔을 뿐인데 왜 납치로 의심받아야 하죠? 저흰 문 열어 드릴 생각이 없으니까 가세요. 우리 어머니를 우리가 모시겠다는데 왜 방해해? 별꼴이야, 진짜.

딱 끊어지는 인터폰.

경찰은 어색하게 노형진을 돌아보았다.

"음…… 저기 노 변호사님, 이렇게 되면 방법이 없는데요."

"네?"

"아니, 여기는 저희가 마음대로 들어갈 수 있는 공간이 아니라서요."

실제로 아파트의 복도는 공용 공간이지만 동시에 입주민을 위한 전용공간이기도 하다. 그래서 법적으로 영장이 없으면 그 복도에도 들어가지 못한다.

실제로 판례는 입주민용 공용 공간인 복도나 계단 등에 들어가는 행위를 무단 주거침입으로 인정하고 있기도 하고 말이다.

"일단은 영장부터 받아 와야 할 것 같은데요. 법적으로 방법이 없네요."

경찰의 말에 노형진은 어이가 없었다.

"법적으로 방법이 없다고요?"

"네, 저희가 문을 강제로 따고 들어갈 수는……."

"거참, 저 변호사입니다만?"

경찰이 변호사에게 법적으로 운운하면서 훈계하자 노형진은 기가 막혔다.

'어쩌다 경찰 수준이 이 꼴이 된 건지.'

어떤 경찰이 인터넷에 그런 글을 쓴 적이 있다.

경찰에게 판사 수준의 법적 지식과 검사 수준의 정의감과 소방관 출신의 체력을 요구하면서 고작 200~300으로 부려먹으려고 한다고.

그런데 애초에 그 정도 지식이 있다면 판검사를 하면 되는 일이다. 그런데 불가능하니까 판검사가 되지 못한 거면서 마치 자기들이 다른 사람들보다 우월하다고 생각하는 경찰들이 꼭 있다.

심지어 전문가 앞에서 말이다.

"에휴~."

노형진은 뭐라고 하기도 귀찮아서 경찰에게 물러나라고 손짓했다. 그리고 인터폰으로 경비실을 호출했다.

-경비실입니다.

"안녕하세요. 법무 법인 새론의 노형진 변호사라고 합니다. 지금 저의 의뢰인이 이곳으로 납치당한 정황이 있어서 경찰을 대동하고 왔습니다. 문을 열어 주시겠습니까?"

-납치요?

"네. 이곳에서 납치 감금이 이루어지고 있다는 확실한 증거가 있습니다."

–거기가 어디죠? 아, 바로 열어 드리고 저희도 내려가겠습니다.

그리고 바로 열리는 문.

노형진은 그걸 확인하고는 경찰을 바라보았다.

"법적으로 뭐요?"

"……."

그 말에 경찰의 얼굴이 붉어졌다.

실제로 공용 거주 공간이라면 그 담당자가 열어 주면 그만이다.

가령 가족 다섯 명 중에서 네 명이 들어오지 말라고 해도 한 명이 들어오라고 문을 열어 줬다면 그건 주거침입에 해당되지 않는다.

즉, 굳이 복도를 범인에게 열어 달라고 할 이유가 없다는 소리다.

"오빠, 가자."

서세영이 재촉하자 노형진은 고개를 끄덕거리고는 엘리베이터로 향했다.

그리고 몇 층인가를 올라가 큰아들의 집 문 앞에 도착했을 때, 당연하게도 집의 문은 닫혀 있었다.

"여기서는 저희도 진짜 방법이 없는데요."

복도야 공용 공간이라지만 집은 진짜 그 가족만을 위한 공간이다. 당연히 여기서는 진짜로 영장이 필요하다.

"잠시만요."

노형진은 심호흡하며 목을 가다듬은 다음 안쪽에 소리를 질렀다.

"원정미 씨! 노형진 변호사입니다. 안에 계신가요? 구하러 왔습니다! 원정미 씨! 노 변호사입니다!"

노형진이 소리를 지르자 안쪽에서 희미한 목소리가 들렸다.

"살려 주세요! 노 변호사님! 저 여기에 있어요! 살려 주세요!"

안에서 들리는 목소리.

노형진은 그 말에 경찰을 바라보았다.

"들으셨죠?"

"네?"

"살려 달라고 하지 않습니까? 문을 부수세요."

"아니, 그러면 민원이……."

"이거 긴급피난입니다."

분명 살려 달라고 했고, 그런 경우에 문을 부수고 들어가도 누구도 말 못 한다. 경찰 입장에서는 피해자를 긴급하게 구해야 하는 상황이니까.

"어, 그러니까……."

하지만 여전히 경찰은 곤혹스러운 얼굴로 머뭇거렸다.

그도 그럴 게 일단 민원은 둘째 치고 이런 아파트의 문을 부술 만한 도구가 없었기 때문이다.

"무슨 일입니까?"

때마침 경비원들이 도착했고 노형진은 그들에게 말했다.

"이곳에 납치 피해자가 있습니다."

"이곳에요?"

"네, 이 문 좀 여세요. 열쇠 가지고 계시죠?"

"아, 네……. 만일에 대비해서 가지고 왔습니다."

노형진이 올라오기 전에 여기 주소를 말해 줬기에 경비원은 만일에 대비해서 키를 가지고 온 참이었다.

마침내 마스터키로 문이 열리자 노형진은 문을 박차고 들어갔다.

"당신 누구야! 나가! 나가라고!"

그 혼란에 거실에 있는 여자가 기겁하면서 소리를 빽 질렀지만 이미 늦었다.

"경찰입니다."

경찰은 그렇게 말하면서 안으로 들어갔다.

이렇게 된 이상 제대로 하는 수밖에 없으니까.

노형진 역시 주변을 두리번거리면서 원정미를 찾았다.

하지만 보이지 않았다.

"원정미 씨, 저 노형진 변호사입니다. 어디 계세요?"

하지만 대답하는 목소리는 없었다.

"우리가 몽땅 다 잘못 들었을 리가 없는데."

분명 서세영도 들었기에 주변을 두리번거리면서 찾았지만

사람은 없었다.

하지만 노형진은 그 덕에 상황을 더 쉽게 알아차렸다.

"이쪽입니다."

가장 안쪽에 있는 안방으로 다가간 노형진.

문을 흔들었지만 잠겨 있었다.

"이런 거야 뭐 부수면 그만……."

"뭐요? 자…… 잠깐, 그만둬! 멈춰!"

며느리로 보이는 사람이 비명을 빽 질렀지만 노형진은 주저하지 않고 발로 문을 뻥 차서 부수며 안으로 들어갔다.

그러자 그의 눈앞에 펼쳐진 것은 기가 막히는 모습이었다.

"꼴 봐라."

침대에 있는 원정미의 입을, 아들이 필사적으로 손으로 막고 있었다.

원정미가 살려 달라고 소리를 지르자 다급하게 손으로 그녀의 입을 막은 것이다.

"당신, 여기가 어디라고…… 아아악!"

큰아들은 비명을 지르면서 어머니에게서 떨어졌다.

원정미가 큰아들의 주의가 분산된 틈을 타 그의 손을 콱 깨물어 버린 것이다.

"내 손! 내 손!"

"노 변호사님!"

"괜찮으세요?"

노형진과 서세영은 다급하게 원정미에게 다가갔다.
손을 잡고 끙끙거리던 아들은 소리를 버럭 질렀다.
“내 집에서 나가! 당장!”
“네, 나가 드리죠.”
노형진은 그렇게 말하면서 경찰을 돌아보았다.
그러자 경찰은 어쩔 수 없다는 듯 수갑을 꺼내 들었다.
“당신들을 납치 현행범으로 체포합니다.”
“납치? 납치? 뭔 개소리야? 내가 내 엄마를 데리고 온 게 왜 납치야?”
“당신들 누구야! 경비원, 이 새끼들 끌어내! 뭐 하는 거야! 빨리 끌어내! 잘리고 싶어?”
거칠게 항의하는 두 사람을 보면서 노형진은 한숨을 조금 쉬고는 신경을 꺼 버렸다.
“원정미 씨, 괜찮으세요?”
“네…… 괜찮아요. 조금 놀랐지만…….”
“같이 댁으로…… 아니다. 안전한 곳으로 가시죠.”
“가, 감사합니다.”
노형진은 그녀를 둘러업고 밖으로 나왔다.
그런 노형진을 따라오면서 서세영이 조용히 말했다.
“오빠, 이거 쉽게는 안 끝나겠지?”
“그렇겠지. 자식이라고 다 똑같지는 않으니까.”
노형진은 쓰게 웃을 수밖에 없었다.

저 새끼들에게 어떻게 엿을 먹이나

놀란 것 말고는 원정미에게 딱히 문제는 없었다.

병원에서 검사가 끝나자마자 노형진은 그녀를 안전한 호텔로 데려다주고는 위임장을 받아서 돌아왔다.

"그래서 뭐라던가?"

노형진에게 보고를 받은 김성식은 기가 막혀서 헛웃음만 나왔다.

"돈을 내놓으라고 윽박질렀답니다."

"기가 막히는군."

노형진의 예상대로 원정미의 아들인 박산강은 그녀에게 돈을 내놓으라고 위협하고 있었다고 한다.

"확인해 보니까 박산강 그 인간, 집도 날려 먹을 판국이더군요."

그 짧은 시간 안에 고문학은 벌써 간단한 조사를 마친 후였다.

"어쩌다가요?"

"주식 하다가 물렸습니다. 문제는 주식을 주택 담보대출로 했다는 겁니다."

"저런."

"어디서 가짜 정보를 들은 모양이네요."

건네는 자료를 확인하고는 노형진은 혀를 끌끌 찼다. 차트를 보아하니 아무래도 작전주인 것 같았으니까.

아무런 이유도 없이 작은 중견 기업의 주식이 이렇게 급등하고 급락할 이유가 없다.

"안 봐도 뻔하군요."

작전주라는 소문이 도니까 거기에 들어가서 같이 장난 좀 치다 손절 치고 나오자, 그런 생각을 한 게 뻔했다.

"바보군."

"그러네요. 바보군요."

주식 차트만 봐도 대충 어떤 게 작전주인지는 알 수 있다.

신기술 발견이나 인수 합병 등 다른 아무 이유 없이 갑자기 주가가 폭등한다면? 십중팔구 작전주다.

그런데 그런 작전주에 왜 물리나?

다들 작전주인 걸 알지만, 상대방이 털고 나가기 전에 내

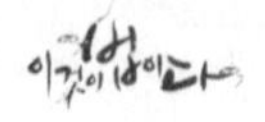

가 먼저 털고 나가면 된다고 생각하기 때문이다.

"손실이 거의 3억 이상이니까요."

"기존 대출과 합하면 전 재산을 날린 거네."

대충 이해가 간다.

"왜 다들 그러는 건지, 쯧쯧."

사실 조금만 자세하게 보면 이게 작전주라는 건 쉽게 알 수 있다. 그런데 그렇게 작전이 시작된 작전주를 적당한 타이밍에 적당한 수익을 내고 칼같이 끊고 나온다?

그게 가능할 리가 없다.

애초에 작전주라는 건 그 작전을 하는 놈들이 파는 권리를 가지고 모든 타이밍을 재고 있으니 당연히 상대가 될 리가 없다.

"하여간 그래서 다급하게 돈이 필요한 모양입니다."

고문학의 말에 노형진은 고개를 끄덕거렸다.

"둘째는 어떤가요?"

"박주강 역시 그다지 상황이 좋지 않더군요. 정확하게 말씀드리자면 둘 다 물렸습니다."

"둘 다요?"

"네. 아무래도 둘 중 하나가 추천해 준 모양입니다."

"이런."

누가 먼저 알고 추천해 줬는지는 알 수 없지만 누군가 추천해 줬고 거기에 함께 몰빵 했다가 둘 다 물린 거다.

"아! 어쩐지 사이가 너무 안 좋기는 했어요."

서세영은 그 말에 생각난 듯 손바닥을 짝 소리 나게 부딪쳤다.

"본 적 있어?"

"딱 한 번 집 앞에서요. 둘이서 멱살 잡고 싸우던데요? 며느리끼리는 머리채 붙잡고 싸우고."

"그렇게까지 싸웠다고?"

"네."

"그러면 둘 다 물린 거 맞네."

보통 부모 앞에서는 아무리 사이가 좋지 않아도 그 정도로 싸우지는 않는다.

더군다나 두 사람은 원정미에게 아주 큰 잘못을 했다.

무릎 꿇고 싹싹 빌어도 용서가 될까 말까 한 상황인데, 서로 머리채를 붙잡고 싸웠다?

서로 감정이 상한 이유가 있는 거다.

"상황은 대충 알겠네. 그런데 원정미 씨는 뭐라고 하던가?"

"일단 납치에 대한 소송은 취하를 부탁하셨습니다."

"역시나 그러겠지."

아무리 괘씸하다고 해도 친자식이다. 전과자를 만들 수는 없을 것이다.

더군다나 망하기 직전이라면 더더욱.

"정확하게는, 법적으로는 처벌받지 않게 해도 좀 변하게 해 줬으면 하는 눈치더군요. 그리고 이게 가장 골치 아픈 문제인데, 손주가 네 명 있는데 그 애들한테는 피해가 안 갔으면 좋겠답니다."

노형진의 말에 서세영이 눈을 찡그렸다.

"뭐? 그게 가능해? 우리는 변호사잖아."

변호사의 주요 업무는 사람들을 법적으로 보조하는 것이다. 그런데 법적으로 하지 않고 애들을 갱생시켜 달라니?

"뭐, 법적으로는 그렇지. 하지만 내가 누차 말하잖아, 법적으로만 도움을 주는 변호사는 실력이 없는 거라고. 재벌가에서는 변호사들이 반성문까지 써 주는데?"

"아니, 그거야 그런데, 그건 최소한 사회적으로 지탄받는 행동을 해서 그런 거잖아. 그런데 이건 이쪽이 피해자인데!"

서세영의 말에 김성식이 웃으며 말했다.

"서 변호사, 우리는 종종 그런 사건도 한다네. 사람들이 왜 우리를 믿고 사건을 맡기겠나? 우리가 단순히 법적인 서비스만 한다면 다른 변호사들과 뭐가 다르겠나?"

"아, 그렇기는 한데……."

서세영은 머리를 긁적거렸다.

확실히 그런 사건들이 자주 있는 건 아니지만 그렇다고 아예 없는 것도 아니다.

티끌 모아 태산이라고, 다른 로펌이나 변호사들은 그런 사건은 접수 자체를 받지 않기 때문에 결국 새론으로 모이게 된다. 그래서 그런 사건의 수가 상당했다.

"내가 말했지, 변호사에게 가장 중요한 것은 통찰이라고. 이런 사건이야말로 통찰력이 가장 필요해."

"그러면 이건 어떻게 해야 해? 아니, 우리가 찾아가서 '원정미 씨가 이렇게 해 주시기를 바랍니다.'라고 하면 그쪽에서 좋다고 반성하겠어? 아닐걸."

"절대 아니지."

노형진은 어깨를 으쓱하며 말했다.

"이럴 때는 있잖아, 저쪽에서 위협을 받게 해야 해."

"응? 하지만 고소는 취하하라면서?"

몰래 취하하는 건 불가능하다. 취하하는 순간 사건이 종결처리되니까.

"위협이라는 건 단순히 처벌받는 문제로만 하는 게 아니야."

"그러면?"

"그들이 가장 지키고 싶어 하는 것. 그에 대한 거지."

노형진은 씩 웃으며 말했다.

⚖

"씹새끼, 여기가 어디라고!"

"개 같은 새끼야, 엄마를 납치해? 그러고도 네가 사람이냐?"

노형진은 박산강 부부와 박주강 부부를 불렀다.

그리고 예상대로 박산강과 박주강은 변호사 사무실에서 마주하자마자 이를 드러내면서 으르렁거렸다.

그런데 이곳에는 그들 말고도 네 명이 더 있었다.

바로 그들의 자녀들이었다.

"그만! 그만하세요!"

노형진은 두 사람에게 으름장을 놨다.

"한 번만 더 싸우면 이유를 불문하고 끌어내겠습니다."

"끙……."

"쳇."

노형진의 말에 두 사람은 서로를 노려보다가 고개를 팩 돌렸다.

제법 커다란 회의실. 그곳에서 두 가족은 끝과 끝에 앉아서 서로 말도 하지 않았다.

"일단 오늘 여러분을 모신 이유는 원정미 씨의 유언장을 공개하기 위해서입니다."

"유…… 유언장? 지금 유언장이라고 했어?"

그 말에 박산강은 눈동자가 흔들렸고, 박주강은 주먹을 불끈 쥐었다.

"나이스."

지금 유언장이 공개된다면 박산강보다는 자기가 더 유리할 거라 생각한 것이다. 얼마 전 박산강이 제대로 밉보였으니까.

'멍청하긴.'

"이 멍청한 것아! 유언장이라잖아!"

"흥, 그래서?"

"저건 어머니가 돌아가셔야 받을 수 있는 돈이라고!"

"아……."

박산강의 말에 박주강은 아차 하는 얼굴이 되었다.

그들에게는 수십 년 후가 아니라 지금 당장 돈이 필요했다.

"유언장을 공개하겠습니다."

"아니, 잠깐 어머니 좀 만나고 싶어."

"어머니한테 우리가 직접 말할 테니까 넌 빠져!"

아니나 다를까, 두 사람은 어떻게 해서든 지금 돈을 받아내려고 했다.

그런 두 사람을 노형진은 단호한 눈으로 바라보았다.

원정미가 이들이 이럴 거라는 걸 몰랐을 리가 없었다.

"지금 이 자리에서 나가거나 유언 청취를 거부하는 경우 상속권은 박탈됩니다."

"뭐?"

"여기서 나가는 분은 땡전 한 푼 못 받게 될 거라는 겁니다."

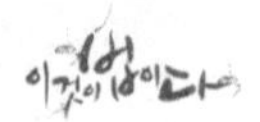

"그, 그런 게 어디 있어!"

"여기에 있지요."

"유류분이라는 게 있잖아."

"뭐, 그래 봤자 다른 분이 더 많이 받으실 텐데요?"

그러면서 슬쩍 박주강을 바라보는 노형진.

그 말에, 항의하던 박산강은 입술을 깨물었다.

그렇잖아도 그는 어머니한테 찍힌 상황이다.

유류분이란 원래 받을 수 있는 재산의 절반만 인정된다. 즉, 50%라고 하면 25%만 받을 수 있다는 거다.

문제는 이 50%다. 자식이 법적으로 상속받는 비율인 50%가 반드시 따라야 하는 게 아니라는 것.

유언장이 없다면 50%를 주는 게 보통이지만, 유언장이 있고 그 이유가 타당하다면 상속의 비율을 조정하는 것은 종종 있는 일이다.

그런데 박산강은 이미 한번 초대형 사고를 친 입장이라 지분이 깎여도 뭐라고 할 수가 없고, 소송을 걸어도 재판부에서 그 이유를 인정하면 유류분 역시 줄어든다는 게 문제다.

40%의 비율로 깎이면 그가 받을 수 있는 건 20%.

그래서일까, 동생인 박주강은 자신이 더 유리하다고 생각했는지 잽싸게 자리에 앉았다.

박산강 역시 어쩔 수 없이 자신의 좌석에 앉았다.

"유언장 개봉하겠습니다."

사실 유언장은 생전에는 개봉하지 않는다. 왜냐하면 그 자체로 싸움의 원인이 되기 때문이다.

지금도 이렇게 돈 달라고 악다구니를 하면서 싸우는데, 유언장을 개봉하면 그날부터 재산 분할 비율을 가지고 부모님에게 온갖 지랄을 할 게 당연하기 때문이다.

'하지만 그건 어디까지나 별문제가 없을 때의 이야기지.'

분명 분란의 씨앗이지만 지금으로서는 그걸 공개하든 말든 바뀌는 건 없다. 도리어 노형진은 그걸 극적으로 이용해서 저들의 입을 닥치게 할 생각이었다.

"원정미 씨의 유언을 하나씩 공개하겠습니다. 첫 번째. 사망 시 재산의 50%는 사회단체에 기부한다."

"뭐? 그런 게 어디 있어!"

"누구 마음대로!"

그 말에 벌떡 일어나서 항의하는 박산강과 박주강.

"싫으면 나가세요. 아까 말씀드렸다시피 나가면 상속권 박탈입니다."

"씨팔."

"그래, 오냐. 일단은 들어 보자."

"두 번째, 남은 재산은 전액 대습상속 한다."

"대습상속?"

"그게 뭐야?"

대습상속이라는 말은 일반인들은 잘 모르는 말이다. 흔히

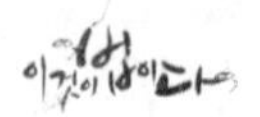

쓰는 말은 아니니까.

대습상속이란 쉽게 말해서 우선권을 조정하는 행위다.

원래 상속의 우선순위는 1순위가 배우자, 2순위가 자녀다.

그런데 종종 어떤 사유로 그들의 상속권이 박탈되거나 조정될 수 있다.

보통은 이번처럼 부모를 가져다 버렸다거나 돈을 지킬 거라는 기대를 할 수 없을 경우에 진행된다.

가령 1순위인 배우자가 사망자를 평소 학대한 증거가 명확한 경우, 사망자는 그의 상속권을 박탈하고 2순위인 자녀에게 바로 상속할 수 있다.

아니면 1순위 상속자가 도박 중독 등 여러 가지 이유로 상속받은 유산을 지킬 수 없는 게 확실하다면 대습상속이 가능하다.

물론 대습상속이 마냥 공짜인 것은 아니다. 이 대습상속도 결과적으로 보면 탈세의 도구가 될 수 있으니까.

그래서 대습상속은 기본적으로 원래 상속분보다 30% 세금을 가중한다.

그렇다면 이번 경우는 어떨까?

1순위인 배우자는 없다. 그렇다면 자연스럽게 2순위인 박산강과 박주강이 1순위가 된다.

그럼 2순위는 누굴까?

당연히 여기에서 상황도 이해하지 못하고 멀뚱멀뚱 바라

보고 있는 네 명의 손자 손녀다.

그들은 지금 상황을 이해하지 못해 가만히 입 다물고 보고 있을 뿐이었다.

"지금부터 상속자들은 두 분이 아니라 손자 손녀 분들입니다."

"시팔! 그런 게 어디 있어!"

"이건 무효야! 무효!"

박산강과 박주강은 악다구니를 쓰기 시작했다.

어떻게 해서든 돈을 받아야 한다. 그러지 않으면 길바닥에 나앉게 된다.

"무효일 리가 있습니까? 저희 변호사들입니다만."

설마 변호사들과 함께 작성한 유언장에 불법적인 요소가 있을까?

"헛소리하지 마!"

"엄마 어디 있어! 직접 들어야겠어! 엄마 어디 있냐고!"

하지만 박산강과 박주강은 현실을 받아들이지 못하고 고래고래 소리를 질렀다.

노형진은 그들을 무시하면서 세 번째 조항을 읽었다.

"세 번째, 추후 본인이 재혼하거나 입양하는 경우 그들의 상속권을 인정한다. 또한 입양자 또는 배우자의 상속권을 1순위로 놓는다."

"뭐…… 뭐라고?"

"입양? 재혼? 뭔 개소리야!"

"법적으로 원정미 씨가 입양을 하거나 재혼하면 그 상대는 상속권자가 맞습니다."

"그 나이에?"

이제 와서 원정미가 아이를 입양해서 키울 수는 없다. 일단 재산은 둘째 치고, 나이도 많고 두 다리가 없기 때문에 아이를 케어할 수도 없다.

한국에서는 입양에 관해 생각보다 깐깐한 규정을 가지고 있다. 아무나 입양해서 아이들을 학대하기라도 하면 안 되기 때문이다.

불행히도 입양아들에 대한 학대는 그런 규정이 있음에도 불구하고 여전히 흔하게 일어나고 있지만.

"하지만 성인 입양이라면 불가능한 건 아니죠."

"성인 입양?"

"그렇습니다."

사람들은 입양 하면 보통 어린아이를 입양하는 것만 생각한다.

하지만 원래 입양에는 두 종류가 있다.

친생자 입양과 일반 입양.

친생자 입양은 미성년자를 대상으로만 가능하며 부모의 자격 조건이 엄청나게 까다롭다. 또한 법적으로 기존 부모와의 관계가 완전히 단절된다.

쉽게 말해서 미성년자가 입양되면 기존의 혈연관계는 부정되고 성씨 역시 입양된 부모의 성씨로 바뀌는 거다.

당연히 기존 부모는 입양된 아이에 대한 양육권도 주장하지 못한다.

물론 대부분 고아가 입양 대상이기에 보통은 양육권 문제도 없지만, 아주 가난한 집에서는 종종 자녀를 입양 보내기도 한다.

그에 반해 일반 입양은 성인도 입양 대상으로 본다. 그리고 기존 부모와의 관계도 단절되지 않는다. 그래서 굳이 성씨를 바꿀 이유가 없다.

성인 입양의 경우는 쉽게 말해서 일종의 계약 같은 거다.

상속권을 줄 테니 너는 부양의무를 다하라는.

지금 서세영이 이 일반 입양 상태다.

서세영은 아버지의 성씨를 지키기 위해 입양을 거절했었지만, 성인이 된 후에는 굳이 성씨를 바꿀 이유가 없기에 일반 입양으로 노형진의 가족이 되었다.

노형진은 환영했다.

아버지 재산보다 수백 수천 배는 돈이 많으니 원정미의 자식들처럼 굳이 아버지 재산에 욕심을 낼 이유도 없긴 하지만, 그와 상관없이 서세영을 가족으로 받아들이는 것이 해야 하는 일이라고 생각했기 때문이다.

누나인 노현아 역시 그런 걸 당연하게 생각하고 자랐기에 기꺼이 환영했었다.

"박산강 씨와 박주강 씨 두 분 다 원정미 씨를 내다 버린 전력이 있지 않습니까?"

그 말에 두 사람의 얼굴이 사정없이 일그러졌다.

"그래서 원정미 씨는 성인 입양을 통해 당신을 부양할 새로운 자녀를 데려오실 생각입니다."

그런 경우, 원정미가 사망하면 어떻게 될까?

일단 50%는 기부 단체에 전달된다.

그리고 남은 재산의 50%를 입양된 사람이 가져간다.

그런 뒤에 그 나머지 재산을 네 명의 손자 손녀가 가져간다.

예를 들어 상속재산이 100억이라면 50억은 기부, 25억은 입양된 사람, 남은 25억을 네 명이 나눠서 1인당 6억 2,500만 원씩 가져가게 된다는 소리다.

그러니까 박산강과 박주강은 그냥 개털이라는 소리다.

"이이익!"

"우리를 가지고 놀아?"

흥분을 감추지 못하는 두 사람.

하지만 노형진의 염장질은 아직 끝난 게 아니었다.

"아, 그리고 이건 유언은 아닌데."

"아닌데?"

"네 분의 손자 손녀에게는 원정미 씨가 생활비 지원 차원에서 2천만 원씩 지원해 드릴 겁니다."

그 말에 상황을 이해하지 못해서 가만히 있던 네 명의 손자 손녀의 눈이 커졌다.

"네?"

"저희에게요?"

"네. 법적으로 세금을 내지 않고 손자 손녀에게 줄 수 있는 돈이 있거든요."

정확하게는 10년을 기준으로 최대 5천만 원까지 지원금을 줄 수 있다. 그리고 그 돈은 법적으로 증여세를 내지 않아도 되는 돈이다.

"조부모의 손자 손녀 사랑을 누가 말리겠습니까?"

할머니 할아버지에게 손주란 보물 같은 존재들이다.

자식의 결혼을 반대한다고 영원히 얼굴을 안 볼 것처럼 행동하던 사람들도 나중에 손주의 얼굴을 보면 어쩔 수 없이 무너진다는 건 거의 일반 상식처럼 굳어질 정도로 말이다.

'더군다나 아이들은 죄가 없지.'

원정미가 박산강과 박주강을 고발하지 않은 것도 결국 손자 손녀가 눈에 밟혀서였다.

"이런 개 같은 경우가 어디 있어!"

"인정 못 해! 인정 못 한다고!"

물론 당연히 두 사람은 인정 못 한다고 소리를 고래고래 질렀지만, 그런다고 해서 유언장의 내용이 바뀌는 건 아니었다.

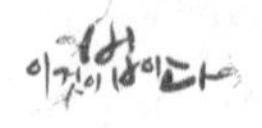

"이상입니다."

"당장 엄마와 만나야겠어!"

"엄마? 엄마!"

그들은 다급하게 원정미에게 전화를 걸었지만 이미 두 사람의 전화번호는 차단된 상태였다.

"그럼 이만 가셔도 됩니다."

멘붕과 혼란에 빠진 가족들에게 노형진은 웃으며 말했다.

"나중에 연락 주세요, 후후후."

⚖

"어떻게 될까?"

악다구니를 하던 박산강과 박주강 그리고 그 와이프들은 결국 반강제로 끌려 나가다시피 하며 새론에서 나갔다.

"어떻게 되긴, 뻔하지. 가자마자 애들 돈부터 빼앗을걸."

안 봐도 뻔하다.

지금 그들은 당장 아파트를 빼앗길 처지다. 단돈 한 푼도 아쉬운 상황인데 애들 한 명당 2천만 원이다.

애들이 두 명이니 4천만 원의 돈이 나오는 건데, 절대로 적은 돈이 아니다.

당연히 이자라도 내려면 박산강과 박주강은 아이들에게서 돈을 빼앗아야 한다.

"그러면 자식들의 반발이 엄청 심할 텐데?"

"애초에 그걸 노린 건데, 뭘."

"하긴, 그건 그렇지."

5년 전 그들이 원정미를 내다 버릴 때 아이들은 대부분 어렸다.

제일 나이가 많은 아이도 고작해야 고등학생으로, 부모에게 저항할 수는 없는 나이였다.

"하지만 이제는 네 명 다 성인이야."

네 명 다 대학생이다. 법적으로 성인이고, 충분히 자기 재산을 관리할 수 있는 나이다.

"그러니 재산을 빼앗기는 게 기분이 좋을 리가 없지. 더군다나 네 명 다 대학생이니 당장 학교 문제도 있고."

당장 집을 잃게 생겼는데 대학은 어찌 다닌단 말인가?

한 학기 등록금만 천만 원 시대다.

대학생이 두 명이니 2천만 원이라는 돈을 내야 하는데 집에 그 돈이 있을 리가 없다.

결국 휴학하고 아르바이트라도 해서 돈을 벌어 빚을 갚아야 하는 처지라는 걸 과연 손주들이 모를까?

"그 상황에서 부모님들에게 불만이 없을 리가 없지."

그나마 사업이 안되어서, 또는 노력은 했지만 일이 틀어져서 그런 거라면 이해라도 한다. 하지만 그들은 작전주인 걸 알면서도 뛰어들었다.

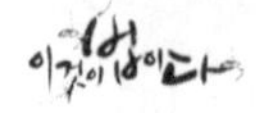

크게 한탕 하겠답시고 저쪽에서 정리하기 전에 털고 나온다며 집까지 담보 잡아서 뛰어들었고, 결국 물렸다.

그런 상황에서 자식들에게 불만이 없을 리가 없다.

"하긴, 그래."

분명 그 돈을 빼앗을 것이다. 노형진은 바로 그걸 노리고 있었다.

"자기들도 똑같이 당해 봐야 알지, 쌍놈의 새키들."

"아니! 그걸 아빠가 왜 가져가는데! 그거 등록금으로 내야 해!"

박산강의 첫째 딸인 박유란은 목소리를 높였다.

그럴 수밖에 없다. 할머니가 돈을 보내오자마자 그걸 내놓으라고 부모님이 압박을 가하기 시작했기 때문이다.

"너, 지금 우리 집 상황 몰라?"

"그게 내 잘못이야? 내가 거기에 그렇게 돈을 몰빵하라고 했느냐고!"

박유란이 알았다면 말렸을 거다. 하지만 나중에 집에 딱지가 붙을 때에야 자신들이 어떤 상황인지 알아차렸다.

"시끄러워! 그 돈 가져와! 그거라도 내야 우리가 살 수 있어!"

"나도 학교 다녀야지!"

딱 1년. 1년만 다니면 졸업이다.

2천만 원이면 등록금을 내고 다른 건 아르바이트비로 메꾸면 졸업할 수 있다.

"집안이 살아야지!"

"웃기는 소리 하지 마!"

집안이 살아야 한다? 그건 안다. 하지만 그 대신에 박유란은 대학 중퇴를 해야 할 것이다.

복학? 애초에 그 돈은 1~2년 사이에 갚을 수 있는 돈이 아니다.

학교를 휴학하고 돈을 벌어서 갚기 시작한다면 영원히 그 빚을 갚기 위해 매달려야 할 거다.

결혼 자금을 모으기는커녕, 대학 졸업도 못 하고 그냥 그렇게 아버지의 빚을 갚기 위해 미래를 저당 잡혀 살게 될 거다.

"야, 이 철없는 것아! 정신 차려!"

심지어 엄마조차도 당장 나가서 돈을 벌어 오라고 하자 박유란은 결국 소리를 빽 질렀다.

"싫어! 싫다고!"

그녀는 자리에서 일어나서 집 밖으로 튀어나왔다.

그리고 하염없이 걸었다.

머릿속이 복잡하고 모든 게 짜증 났다.

부모님에게서 계속 전화가 왔지만 받지 않았다.

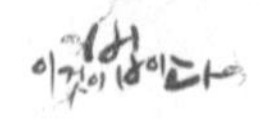

결국 이야기는 뻔하니까.

그렇게 새벽이 되고 해가 떠오를 때쯤, 동생인 박찬무에게서 전화가 왔다.

받지 말까 한동안 고민하던 그녀는 결국 받았다.

"나중에 통화해."

―집이야?

"집이냐니? 그게 무슨 소리야?"

―밖인가 보네.

"넌 집 아니야?"

―집 안 갔어.

"뭐? 왜?"

―안 봐도 뻔하잖아. 가서 무슨 꼴을 당할지 아는데 왜 들어가?

"하아~."

하긴, 동생은 자신보다 눈치가 빨랐다.

―가 봐야 돈 내놓으라고 하겠지.

"넌 군대로 도피라도 하지."

―군대? 뭔 놈의 군대야? 군대도 못 가게 하는구먼.

"뭐? 그게 또 뭔 소리야?"

얼마 전까지만 해도 동생은 '이 엿 같은 집안, 군대나 가야지.'라고 입에 달고 살았다.

그래서 당연히 군대에 갈 줄 알았다. 그런데 군대에 못 간

다니?

—군대 연기하고 돈 벌어 오래.

"뭐? 언제?"

—얼마 전에. 엄마 아빠 둘이서 돈 벌어서는 빚 못 갚는다고.

"아니 진짜, 그러면 어쩌라고?"

애초에 자신들이 벌어 봐야 결국 아르바이트 정도고, 아르바이트로는 큰돈을 벌 수도 없다.

그런데 그렇게라도 하라고 닦달하다니.

—그래서 그냥 집을 나갈까 생각 중이야.

"뭐?"

—2천만 원이면 방은 구하잖아.

동생의 말에 박유란은 입술을 깨물었다.

그럴 거다. 하지만 그 대신에 졸업은 포기해야 한다.

—아니면 할머니한테 도와 달라고 해 볼까?

"할머니……한테?"

그 말에 박유란은 말을 못 했다.

그도 그럴 게, 부모님이 할머니를 버렸다는 사실을 나중에야 알았으니까.

학교를 다녀오니 할머니가 사라져 있었다.

부모님은 요양 시설에 모셨다고 했지만 그곳이 어딘지 알려 주려고도 하지 않았고 찾아가지도 않았다.

그리고 얼마 전에야 진실을 알았다.

할머니를 쪽방촌에 갖다 버렸다는 걸.

그런데 어떻게 된 일인지 갑자기 할머니가 엄청난 부자가 되었다. 서울 한복판에 수백 평의 땅과 30가구짜리 빌라를 가진.

그 사실을 박산강이 할머니를 끌고 온 다음에야 알았고, 박유란도 박찬무도 충격을 받았다.

"할머니한테 가자고? 하지만…… 우리를 미워하지 않으실까?"

-그런 거라면 우리한테 돈을 주시지도 않았을 거고 우리 상속률도 높이지 않으셨겠지.

"아……."

손주 사랑은 할머니라고 했다. 염치는 없지만 지금 그들을 도와줄 수 있는 사람은 오로지 할머니뿐이었다.

"하지만 어디에 계신 줄 알고?"

처음에 살던 빌라는 이미 방을 뺐다고 들었다. 아버지가 납치한 전력이 있기 때문이다.

할머니 명의의 빌라에 살지는 않을 테고, 애초에 보기 싫어서 변호사를 통해 연락한 것일 것이다.

자신들이 할머니의 핸드폰 번호를 아는 것도 아니다.

-변호사라면 알겠지.

"변호사……."

박유란은 그날 부모님들을 몰아붙이던 변호사가 생각났다.

새론의 노형진 변호사라고 했던가? 확실히 그라면 알고

있을 거다.

박유란은 멍하니 하늘을 바라보았다.

저 멀리 동이 트는 게 보였다.

“이따 10시에 새론 앞에서 보자.”

–알았어. 거기서 보자.

두 남매는 마음을 굳혔다.

“오빠 말대로 진짜로 찾아왔네?”

“내 말이 맞지?”

노형진은 돈이 들어가기가 무섭게 박산강과 박주강이 자녀들에게 돈을 내놓으라고 윽박지를 거라는 걸 알고 있었다.

실제로 박산강의 자녀들이 여기까지 찾아왔다.

그리고 할머니를 뵙고 싶다고 했다.

“그런데 만나게 해도 돼?”

“상관없어. 충분히 알아봤으니까. 원정미 씨를 내다 버린 건 두 자식들이고, 당한 만큼 돌려주는 게 목적이니까.”

원정미는 자식들이 법적인 처벌을 면하게 해 달라고 했다.

그건 반대로 말하면 법적인 처벌만 면하게 하면 된다는 뜻이다.

“일단 만나서 이야기하자.”

노형진의 말에 서세영은 고개를 끄덕거렸고 잠시 후 그의 회의실로 박유란과 박찬무가 들어왔다.

"안녕하세요."

"네, 지난번에 만나 뵙고 오랜만이네요."

"네."

어리다곤 하지만 그래도 성인. 노형진은 두 사람에게 존대하면서 웃었다.

그런 노형진의 태도에 두 사람은 고민하는 눈치였다.

"말씀하실 게 있다고 들었습니다."

"그게…… 사실……."

고민하던 박유란은 결국 어렵게 입을 열었다.

"할머니한테 도움을 좀 받고 싶어요."

"음, 죄송합니다만 원정미 씨는 가족들을 만나고 싶어 하지 않습니다."

"저희가 그렇게 미운 건가요?"

"그건 아닙니다. 사실 미운 건 박산강 씨와 박주강 씨 부부죠. 손자 손녀 분들에게는 아무런 감정도 없으십니다. 사실 보고 싶어 하시죠."

"그런데 왜?"

"간단합니다. 두 분의 부모님들이 두 분을 통해 원정미 씨가 계신 곳의 주소나 연락처를 받아서 돈을 갈취하거나 다시 한번 납치할 수도 있기 때문이죠. 아니면 협박을 통해 유언장을 고치려고 할 수도 있고요."

"그건 아니에요!"

"그걸 어떻게 믿죠? 저희는 당신들을 믿을 수가 없어요."

서세영도 옆에서 슬쩍 노형진의 편을 들어 줬다.

물론 그들의 상황은 안다. 그렇게 유도했으니까.

하지만 그렇다곤 해도 쉽게 연결해 줄 수는 없다. 실제로도 노형진이 말한 대로 함정일 가능성 역시 무시할 수 없기 때문이다.

"사실은……."

박유란은 고민했다.

집안의 치부를 남에게 보이는 건 결코 편한 일은 아니다. 하지만 이대로는 모두가 망한다.

"저희가 지금 망하게 생겼어요."

"그건 저희가 알 바 아니죠. 이제 아실 텐데요, 부모님이 할머니인 원정미 씨에게 무슨 짓을 했는지?"

"알아요."

"그런데 저희가 두 분의 집이 망하는 것에 신경 써야 하나요?"

"할머니가 주신 돈을 집에서 내놓으라고 합니다."

박찬무는 박유란과 달리 좀 더 단호했다.

"사실대로 말씀드리죠. 집이 망하기 직전입니다."

"누차 말씀드리지만 저희와는 상관없는 일입니다."

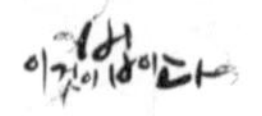

"물론 저희도 그러면 좋겠습니다. 하지만 저희 부모님은 저희 둘에게 학교를 그만두고 일해서 빚을 갚으라고 하고 있습니다."

"그래서요?"

"저희는 부모님에게 저희 인생을 희생할 생각이 없습니다. 그들이 한 짓거리가 있는데 그런 걸 요구하면 안 되죠."

"찬무야."

"누나도 기억하잖아. 할머니랑 할아버지가 얼마나 우리 예뻐하셨어? 그런데 그런 할머니를 가져다 버려? 그게 사람 새끼가 할 짓이야? 그러고도 우리한테 자기를 위해 희생하라고? 난 집이랑 연 끊고 영원히 보지 않는 한이 있어도 그렇게는 못 해."

6년 전에는 할머니와 할아버지가 살아 계셨다.

그리고 할머니 할아버지는 두 사람을, 아니 손자 손녀들을 아주 많이 사랑해 줬다.

그런데 음주 운전하던 놈이 사고를 내면서 할아버지가 돌아가시고 할머니는 두 다리를 잃었다.

"솔직히 그 당시에는 어려서 배상금을 얼마나 받았는지는 모르겠어. 하지만 할머니가 쪽방에서 살았다면서? 그 돈이 다 어디로 갔겠어? 어?"

박유란은 그 말에 입술을 깨물었다.

그 말이 맞다. 분명히 배상금이 나왔을 테고, 할머니를 굳이 쪽방에 가져다 버릴 이유도 없었다.

할머니가 쓰던 공간은 이제 엄마가 사다 쌓아 둔 명품으로 가득했다.

"우리 부모님이라지만, 그런 인간들을 모시라고? 엿 먹으라 그래."

박찬무는 그동안 감추고 있던 진심을 토해 냈다.

"여기서 할머니를 보든 못 보든 난 군대 갈 거야. 하사관으로 지원해서 가서 돈 모아서 나올 거야. 그 돈으로 자립할 거야. 살면서 더는 부모님이랑 엮이고 싶지 않아."

단호한 동생의 말에 박유란은 입술을 깨물었다. 그리고 고개를 끄덕거렸다.

"나도 마찬가지야. 그래, 이참에 나가서 살자."

"어차피 나는 군대 갈 거니까 내 돈으로 방 구하고 누나는 누나 돈으로 대학 졸업해."

"야, 넌?"

"어차피 하사관으로 들어가면 2년은 관사 생활이야. 은행에 넣어 둬 봐야 이자도 얼마 안 나오고. 그걸 보증금으로 내서 월세 얻어 둘 테니까 월세는 누나가 알아서 벌어."

아무래도 박찬무는 생각보다 많은 준비를 해 둔 모양이었다.

"뭐, 두 분의 의견은 충분히 알았습니다. 그런 거라면 저희가 원정미 씨에게 이야기는 전해 두겠습니다."

"할머니를 만날 수 있는 건가요?"
"아마도요."
아니, 확실하게 만날 수 있을 거다.
'그리고 그때가 참교육 시작이다.'
노형진은 자신이 있었다.

똑같이 당해 봐라

원정미는 박유란과 박찬무를 만났다. 그리고 눈물을 감추지 못했다.

"우리 새끼들…… 내 새끼들……."

쭈글쭈글한 손으로 그녀는 두 사람의 얼굴을 만지작거렸다.

버려진 후에 연락할 방법도, 연락할 수도 없었다. 자신이 연락해 봐야 집안에 풍파만 일 거라는 생각 때문이었다.

"할머니, 괜찮은 거죠?"

"그럼. 이 할머니는 괜찮아요."

원정미와 박유란 그리고 박찬무는 오랜 시간 밀린 이야기를 나눴다. 어떻게 지내왔는지, 그리고 원정미가 어떻게 그렇게 부자가 되었는지.

이튿날, 원정미는 노형진을 불렀다.

"고맙습니다. 덕분에 우리 애들을 다시 만날 수 있었어요."

"뭐, 이제 시작입니다. 그리고 돈 받고 하는 일인데요, 뭘."

돈을 받고 일하는 만큼 확실하게 해 주는 게 맞으니까.

"조만간 둘째 아드님 측 아이들에게서도 연락이 올 겁니다. 오지 않는다고 해도 상관없고요."

박유란과 박찬무가 이쪽에 있으니 먼저 연락해서 설득하는 건 어려운 일이 아니다. 그쪽도 이쪽과 비슷한 문제를 겪고 있을 건 뻔한 일이니까.

결과적으로 현재 가장 중요한 건 박유란과 박찬무가 이쪽으로 넘어왔다는 거다.

'최악의 경우는 진짜 일반 입양이라도 하려고 했는데 말이지.'

하지만 아이들이 이쪽으로 넘어온 이상 굳이 그럴 이유는 없다. 원정미가 자기 손자 손녀를 두고 굳이 입양까지 해 가면서 케어받을 이유도 없고 말이다.

"저희 부모님한테는 뭐라고 하실 거예요?"

"뭐, 전 상관없습니다. 어차피 보지도 않을 인간들."

박유란과 박찬무의 말투는 좀 다르기는 했다.

하지만 그들이 말하는 건 비슷했다.

부모님과 더 이상 엮이고 싶지 않다.

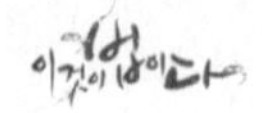

다만 박유란은 좀 미련이 남은 듯했고, 박찬무는 극도로 화가 난 눈치였다.

"음…… 생각을 좀 해 보죠. 박찬무 군? 잠깐 이야기 좀하죠."

"네? 저요?"

"네."

노형진은 박찬무를 데리고 다른 회의실로 향했다. 그리고 단도직입적으로 물었다.

"부모님과 싸운 적 있습니까?"

"아뇨. 원래 사이가 좋지 않은 건 사실이지만요."

"아니면 다른 이유가 있습니까? 부모님에게 좀 적대적이시던데."

그 말에 박찬무가 눈을 찡그렸다. 그러더니 고개를 끄덕거렸다.

"말 못 할 것도 없죠. 어차피 이제 안 볼 인간들이니까. 누나한테만 비밀로 해 주세요."

"뭡니까?"

"그 인간들이, 누나가 술집에 나갔으면 하는 눈치더라고요."

"술집요?"

"네."

"왜요?"

"뻔하죠. 사실 단시간 내에 돈 버는 걸로 그것만큼 빠른

게 없잖아요."

늦은 밤. 우연히 그들이 이야기하는 걸 들었다.

자다 일어나서 물을 마시려 나오는 중에 들은 말은 추악하기 그지없었다.

"저보고 군대 가지 말고 돈 갚는 데 힘을 보태라는 건 그래도 이해하려고 했어요."

그러나 늦은 밤, 박찬무는 돈과 관련해서 이야기하던 그들이 이대로는 방법이 없으니 박유란을 설득해서 술집에라도 보내자며 대화를 나누는 것을 듣고 말았다.

그러면 빚을 빠르게 갚을 수 있다고 말이다.

"문제는, 진짜로 그러고도 남을 인간들이라는 거죠."

부모니까. 그러고도 남을 사람들이라는 걸 누구보다 잘 알고 있는 박찬무였다.

돈 때문에, 그리고 귀찮다고 할머니도 죽으라고 버렸던 인간들이다. 그런 놈들이 과연 누나를 그냥 둘까?

"문제는 누나는 마음이 약하다는 거죠."

분명 부모란 인간이 설득하기 시작하면 흔들릴 테고, 아마 결국 술집에 나가게 될 거다.

"그러니까 그놈들이랑은 엮이기 싫어서요."

"뭐, 그런 거라면 저도 거리낌 없이 다음 계획을 실행하면 되겠네요."

"다음 계획요?"

"가서 이야기를 들어 보시죠."

노형진은 박찬무를 데리고 다시 돌아왔다.

그리고 원정미와 박유란 그리고 박찬무에게 다음 계획을 이야기했다.

"일단 다음 계획은 2천만 원을 빼앗기는 겁니다."

"네?"

"아니, 그 돈을 왜 그 인간들에게 줍니까? 절대 못 줍니다!"

박유란과 박찬무는 놀라서 되물었다.

특히 박찬무는 격하게 반응했다.

"아까 말씀드렸잖아요, 그런다고 반성할 놈이 아니라고요!"

"압니다. 그래서 빼앗기라는 겁니다."

"네?"

"원정미 씨는 아이들을 지원하고 싶으시죠?"

"네, 당연하죠."

아이들이 대학 졸업도 못 할 판국이라는데 아니라고 말할 할머니는 없다. 더군다나 돈이 없는 것도 아니고 말이다.

"그래서 문제인 겁니다."

"네?"

그런데 할머니가 손자 손녀를 지원해 주는 게 문제라는 노형진의 말에 세 사람은 고개를 갸웃했다.

"아, 세금 문제 때문에 그래요. 증여세요."

"증여세요?"

"네. 이게 법에서 정한 규정이 있거든요."

조부나 조모가 손자 손녀에게 학비를 지원하는 것은 불법이 아니다. 다만 조건이 있다.

"가장 큰 조건은 그 책임을 질 다른 사람이 없어야 한다는 거죠."

"그게 무슨 말인가요?"

"간단하게 말해서, 스스로 책임을 질 능력이 안 되거나 부모가 돈을 내주지 못할 정도의 상황이라는 걸 법원에 증명해야 합니다."

그래야 지원하는 학비에 세금이 붙지 않는다.

"여기서 문제는, 일단 두 분은 부모가 아직 있다는 거죠."

후안무치한 놈들이기는 하지만 여전히 살아 있다.

그리고 집과 별개로 각자 수익이 있는 직장인들이다.

"즉, 재산이 아예 없는 건 아니라는 거죠."

그렇기에 지금 원정미가 돈을 준다고 하면 증여로 판단될 가능성이 크다.

"다른 하나는, 박유란 양과 박찬무 군은 사지가 멀쩡한 성인이라는 겁니다."

아르바이트를 해서 등록금을 버는 건 불가능한 게 아니다. 당연히 재판부에서는 그 부분을 감안할 가능성이 크다.

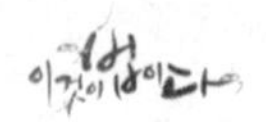

"물론 그 증여세가 많은 건 아니겠습니다만."

원래 법적으로 증여세 없이 증여할 수 있는 돈은 10년 기준으로 최대 5천만 원. 지금 준 건 2천만 원뿐이니 남은 3천으로 등록금을 낼 수 있다.

"하지만 시간이 있으니까요."

박유란이야 1년만 다니면 졸업이라지만 박찬무는 아직 2년이 남았고, 다른 사촌 두 명은 큰애가 2년, 작은애가 이제 입학한 상황이다.

"어차피 해야 하는 일입니다. 그러니까 그럴 거라면 세금이라도 아껴야지요."

"그런데 우리 돈을 그 새끼들한테 주는 게 무슨 관련이 있어요?"

"돈을 주는 게 아닙니다. 빼앗기는 거지."

노형진은 씩 하고 웃었다.

"종종 자식 돈이 내 돈이라고 생각하는 분들이 계신데, 엄밀하게 말하면 그건 아니죠. 자식 돈은 자식 돈입니다, 내 돈이 아니라. 특히나 자식이 성인이라면 말입니다, 후후후."

⚖

돈을 빼앗긴다.

그 방법은 간단하다. 집에 카드를 두고 나가면 된다.

어차피 가족끼리는 비밀번호 같은 건 공유하는 경우가 많으니까.

박유란과 박찬무는 2천만 원씩 든 통장과 카드를 집에 두고 나왔다.

그리고 채 이틀이 지나기도 전에 전액 출금되었다는 문자를 받았다.

"후우……."

박유란과 박찬무는 쓰게 웃었다.

예상은 했다. 하지만 설마 진짜로 그러지는 않을 거라는 작은 기대를 했다.

그래도 부모니까.

사실 박산강 부부의 상황은 그 4천만 원이라는 돈이 있어도 크게 바뀌지 않는다.

그들이 진 빚은 10억 단위고, 고작 4천만 원 갚는다고 압류가 풀리거나 아파트가 경매로 넘어가는 걸 막을 방법은 없다.

하지만 각자 2천만 원이면 박유란과 박찬무는 새롭게 시작할 수 있다.

비록 작은 원룸 정도겠지만 최소한 새롭게 시작할 기회는 잡을 수 있는 것이다.

하지만 그 두 사람의 부모는 그런 생각이 없었나 보다.

"내가 그랬지, 자기 부모가 귀찮다고 버리는 놈이 과연 자식이라고 지키려고 하겠느냐고."

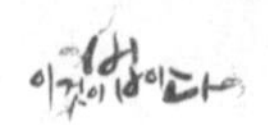

"하아~ 그래도 무척이나 씁쓸하기는 하네. 사람이 양심도 없어."

"그런 걸 기대하는 것 자체가 그다지 의미가 있는 행동은 아닌 것 같은데."

노형진은 서세영의 말에 머리를 긁적거렸다.

"일단 중요한 건 저쪽에서 먼저 움직였다는 거야. 그러니까 이쪽에서 반격할 수 있지. 그나저나 박주강 쪽은 어때?"

"그렇잖아도 박찬무 군이 사촌 동생들한테 전화해서 물어봤다는데 벌써 오래전에 털렸대."

다만 박주강의 자녀들은 박유란과 박찬무처럼 집에서 나올 생각을 하지 못하고 있을 뿐이었다.

"그러면 이쪽에서 먼저 움직이면 나중에 움직일 가능성도 있겠네."

"그럴지도 모르지."

"뭐, 기다릴 필요는 없지."

어차피 답은 결정되어 있는 일이었으니까.

⚖

가족 중에 도둑이 있으면 처벌이 될까?

안 된다. 현행법상 가족 간의 절도는 처벌 대상이 아니다.

이를 친족상도례라고 하는데, 가족끼리 절도 사건이 벌어지는 경우 형을 면제한다.

물론 공소 자체가 안 되는 건 아니다. 하지만 재판에 가 봐야 어차피 처벌이 이루어지는 건 아니기 때문에 의미 없는 행동일 뿐이다.

"하지만 민사는 가능하지."

그러나 민사는 가족 관계와 상관없이 소송이 가능하다. 정확하게는 반환 청구 소송이겠지만.

"그리고 그걸 청구하면 그 기록은 남아."

2천만 원? 사실 그 돈은 중요하지 않다.

물론 나중에 돌려받을 수도 있겠지만, 지금으로서는 박산강과 그 아내가 박유란과 박찬무 그리고 원정미의 삶에서 나가떨어지도록 해야 한다.

"그런데 오빠, 이런 식으로 민사소송을 하게 되면 뭐가 달라져?"

"달라지지. 일단 원정미 씨가 박유란 박찬무 남매에게 학비를 지원해 줄 수 있어. 내가 말했지, 학비 지원의 조건은 생각보다 빡빡하다고?"

첫 번째는 학비를 지원할 1순위 책임자인 부모님이 없거나, 설사 존재한다 하더라도 학비를 지원할 능력이 없을 것.

두 번째는 학생이 그걸 낼 능력이 안 될 것.

"두 번째 조건은 그나마 가능해."

학생은 학생이라는 신분상 일할 수 있는 시간이 제한되어 있다. 아르바이트는 할 수 있지만 사실상 그것만으로는 능력이 되지 않는다고 인정해 주는 편이다.

해당 조건은 건물을 소유하고 있거나 재산을 20억씩 가지고 있는 사람들에게 편법으로 증여하는 걸 막기 위한 조항이니까.

"문제는 첫 번째 조항이지. 부모가 능력이 없거나 지급할 의사가 없다는 것."

문제는 그걸 어떻게 증명할 것인가다.

아파트가 경매로 넘어가는 것? 그것과 지급 의사가 없다는 걸 증명하는 건 다른 문제다.

더군다나 박산강은 제법 돈을 잘 번다. 멍청하게 작전주만 물지 않았어도 이 꼴이 나지는 않았을 거다.

"그러니까 아예 줄 인간이 아니라는 걸 확실하게 못 박아 둬야지."

"그게 이 소송이겠네."

"맞아. 재판장이 보면 무슨 생각이 들겠어?"

2천만 원은 할머니가 손주들에게 합법적으로 증여한 돈이다.

그런데 그걸 무단으로 훔쳐 가는 바람에 자식들이 소송까지 했다.

당연히 '이 인간들이 제대로 등록금을 내줄 리가 없다.'라고 생각할 게 뻔하다.

"그러면 그때부터는 확실하게 원정미 씨가 아이들을 지원할 수 있게 되지."

이런 경우는 학비뿐만 아니라 어느 정도의 생활비도 인정된다.

"그리고 이게 터지면 아이들은 부모들과 거리를 둘 테고."

"친족상도례가 적용되니까 처벌도 안 받고?"

"정답."

원정미는 자기 자식들이 전과자가 되는 것만 막아 달라고 했다.

이대로 흘러간다면 그들은 법적으로 극히 불리한 상황에 처할지언정 전과자는 안 된다.

"아마 박산강 부부는 지금쯤 눈이 돌아가 있을걸."

"고소? 우리를?"

자식에게 고소당했다는 사실에 박산강은 기가 막혔다.

"이 은혜도 모르는 새끼들이!"

"우리가 먹여 주고 재워 줬는데!"

그들은 자신들이 한 짓은 생각하지 못하고 그냥 길길이 날뛰었다.

그들에게 있어 가족은 도구였다.

도움이 되지 못한다면 버려도 그만인 그런 도구.

그런데 그런 도구들이 자신에게 반기를 들다니.

"이 새끼들을……."

그들은 부들부들 떨었다. 하지만 방법이 없었다.

재산? 지금 그들이 물려줄 수 있는 건 막대한 빚뿐이다.

고소? 뭐로 고소한단 말인가? 잘못한 건 자신들이다, 자녀들이 아니라.

부양의무? 그건 어디까지나 자기들이 일하지 못하고 늙어서 꼼짝도 못 할 때의 이야기다. 두 사람 다 아직 사지 멀쩡하고 회사도 다닌다.

설사 그 정도로 나이를 먹었다 하더라도 과연 박유란과 박찬무가 박산강 부부를 케어할까?

그들이 본 건 짐이 된다고 친할머니를 죽으라고 내다 버리는 모습이었는데?

그리고 자식들의 돈을 빼앗아서 빚을 갚는 데 쓰는 부모의 모습이었는데?

'이게 아닌데.'

만약 부모와 사이가 좋았다면 그들은 아마 자기 돈을 자발적으로 내놓았을 것이다.

하지만 할머니를 내다 버린 후로 사이는 무척이나 나빠졌고, 지금은 아예 연을 끊어 버리자는 말이 나오는 상황.

"안 돼. 이럴 수는 없어."

박산강은 들끓는 감정을 가라앉힐 수가 없었다. 이건 계획과는 달랐다.

"여보, 이거 어떻게 해요? 우리가 뭘 어떻게 해야 해요?"

"당장 이놈들을……."

"그런데 어디에 있는지 알아요?"

"……."

모른다. 그 애들은 지금 원정미와 함께 있는데 원정미가 숨어 있으니까.

그 순간 박산강의 전화벨이 울리기 시작했다.

박산강은 혹시나 하는 기대감을 품고 전화기를 들었다.

자식들이 전화한 걸 수도 있으니까.

하지만 그 너머에서 들린 목소리는 그다지 반가운 목소리가 아니었다.

—너 이 새끼, 너희 자식새끼들 어디 있어!

"뭐?"

—너희 자식새끼들 말이야! 그 새끼들 어디 갔냐고!

"그걸 네가 알아서 뭐 할 건데, 이 새끼야!"

동생이지만 원수나 마찬가지인 박주강이었다.

사실 박주강이 그놈의 작전주 얘기만 하지 않았더라면 이 지경이 되지는 않았을 거다. 그런데 작전주라고, 확실하게 수십 배는 남겨 먹을 수 있다고 말하는 바람에 넘어가서 돈을 꼬라박아 버린 것이었다.

–그 연놈들이 우리 애들을 꼬셔서 끌고 나갔다고!

"흥. 애새끼를 그따위로 키우니까 그 꼴이 나지."

–지랄하네. 미친 새끼야! 네 자식들 관리나 하라고! 우리 애들 어디다 감췄냐고, 이 개새끼야!

그 둘은 서로에게 악담하면서 분노를 터트렸다.

하지만 그런다고 해서 그들의 상황이 나아지는 건 아니었다.

⚖

"박주강의 집에서도 애들이 나왔다고 하더라고요."

"그럴 거야."

아무리 힘들어도 가족을 버리면 안 된다.

물론 너무 힘들면 때로는 가족과 거리를 둘 수도 있다. 그걸 뭐라고 할 수는 없다. 현실이라는 걸 무시할 수는 없으니까.

그래서 가족이 있음에도 불구하고 뿔뿔이 흩어져서 보육원에서 사는 아이들도 있고, 치매에 걸려 요양원에 들어가는 부모님도 있다.

하지만 그건 가족들이 내다 버린 게 아니다. 최소한의 케어를 받을 수 있는 방법을 강구한 것뿐이다.

"박산강과 박주강이 양로원만 알아봤어도 이 지랄은 안 났지.”

양로원에서 케어받으면서 친구도 사귀고 종종 가족들도 와서 만나는 그런 상황이었다면 이 지랄은 나지 않았을 거다.

하지만 그들은 어머니를 쪽방촌에 가져다 던져 버리고 돈마저도 끊어 버렸다.

누가 봐도 명백하게 거기서 죽으라는 뜻이었다.

“이 상황에서 그들이 할 수 있는 방법은 없어.”

그들은 분노하겠지만 말이다.

“그리고 이제 마지막으로 쐐기를 박을 시점이지.”

노형진은 미소를 지었다.

⚖

박산강과 박주강의 집은 이미 경매에 부쳐진 상황이었다.

그렇다면 과연 원정미가 그들에게서 받아 낼 수 있는 건 없을까?

있다.

“아직 월급은 압류가 안 되었구나.”

“주택 담보대출이니까.”

박산강과 박주강은 신용 대출을 최대한으로 받고 그 후에 다시 한번 주택 담보대출을 받았다.

그래서 설사 집을 넘긴다고 해도 빚을 다 갚지 못한다.

"하지만 월급은 아니지."

월급은 압류되는 경우가 드물다.

정확하게는 미래에 들어와야 하는 돈이지 이미 들어올 돈이 아니기에, 채권 압류 순위로 본다면 최후의 선이라고 볼 수 있다.

채권자 입장에서는 확실하게 들어올 돈부터 정리하려고 하지 나중에 들어올 수 있는 돈에 대해서는 가능하면 압류하지 않으려고 한다.

"왜냐하면 까딱 잘못하면 그걸 못 받게 되는 경우도 있거든."

"무슨 소리인지 알겠어. 회사 입장에서도 위험 인자라는 거지?"

"맞아."

재산을 압류하는 건 당사자 간의 문제다. 하지만 월급을 압류하는 것은 제3자, 즉 회사가 그 사실을 알게 된다는 게 문제다.

그런데 그 경우 회사는 대상을 위험 인자로 분류하는 경향을 보인다. 다 그런 건 아니지만 최소한 감시 대상은 된다.

왜냐하면 돈이 그만큼 다급해지면 횡령이나 뇌물 수수 등 범죄를 저지를 가능성도 높아지기 때문이다.

"그래서 생각보다 채권자들이 극단적인 선택을 안 하기도 하지."

"하긴, 그건 그래."

채무자들이 배 째라고 나올 경우 과연 채권자들이 그들에게 보복할 수 있는 방법이 뭐가 있을까?

없다. 채무자들이 배 째라고 나오면 도리어 채권자들이 을이 되는 경우도 많다.

그들의 목적은 돈을 받는 것이지 사람 내장을 가져다 파는 게 아니니까.

물론 그런 일이 아예 없는 건 아니지만, 그런 일을 할 정도의 집단은 평범한 채권자가 아닌 범죄 조직이라 빚 여부와 상관없이 처벌 대상이다.

"당장 국가가 모라토리엄 선언하는 것만 봐도 그렇잖아."

국가가 모라토리엄 선언, 그러니까 국가 부도 선언을 하면 다른 나라들은 어떻게 할까? 몰려와서 국가 재산을 싹 다 뜯어 갈까?

그렇게 될 리가 없다. 그건 그냥 전쟁하자는 소리밖에 안 되니까.

어차피 망한 거, 그런 식으로 행동하면 채무국은 같이 죽자고 덤빌 수밖에 없다.

그래서 국가가 모라토리엄 선언을 하면 그때는 대부분의 나라에서 어떻게 해서든 상환을 유예하거나 재기할 수 있도록 도와준다.

이자를 탕감해 준다거나, 필요하다면 원금도 일부 탕감하고, 채권의 상환 기간을 아주 길게 잡아 주는 등의 방식으로 말이다.

채권자들이 원하는 건 돈을 돌려받는 거다, 상대방이 망하거나 죽는 게 아니라.

"그래서 보통 월급은 최후까지 남겨 두지."

돈이 나올 구멍이 있어야 갚으니까.

"그러니까 우리가 그걸 먼저 압류할 수 있어."

원정미는 지난 5년간 단 한 푼도 부양료를 받지 못했다.

"그걸 압류하면 아마 상황이 볼만할걸."

⚖

"이건 또 뭔 소리야?"

박산강이 다니는 회사는 제법 커다란 회사였다.

그런 곳의 월급이 압류되었으니 당연히 상부로 보고가 올라갈 수밖에 없다.

"박산강 부장의 월급이 압류되었다고?"

"네, 법원에서 일단 가압류 결정이 떨어졌습니다."

"아니, 왜? 이 새끼가 도대체 뭔 짓을 한 거야?"

박산강은 부장급 인사였기에 그에 대해서는 대표도 잘 알고 있었다.

대표는 최근 박산강에 대해 기억을 더듬었다.

"그 새끼, 요 근래 꺼림칙하기는 했지."

왜인지 일에 집중도 못 하고 안절부절못하며 주변에 심하게 화를 내곤 했다.

오죽하면 대표인 그가 부장급인 박산강에게 회의 중에 작작 좀 하라고 대놓고 말할 정도였다.

그는 회사를 크게 키운 사람이고, 용병술이 얼마나 중요한지 아는 사람이었다.

그리고 박산강처럼 이유도 없이 꼬투리 잡아서 남을 괴롭히는 걸 끔찍하게 싫어하는 사람이었다.

위에서는 스트레스나 풀자고 그런 짓거리 할지 몰라도, 진짜 능력 있는 직원은 그런 대우를 받으면 그냥 이직해 버린다는 걸 알기 때문이다.

그래서 어지간하면 회사에서 갑질을 하지 말라고 누차 말하곤 했는데, 박산강은 최근 그 짓거리를 너무 많이 해서 요주의 인물로 보고 있었다.

"일단 소송 주체가 어머니입니다."

"어머니? 박산강 어머니?"

"네."

그 말에 대표는 고개를 갸웃했다. 부모가 자식을 고소하는 경우는 그다지 흔하지 않으니까.

"왜 그랬는데?"

"손해배상 청구와 부양료 청구 소송이라고 합니다."

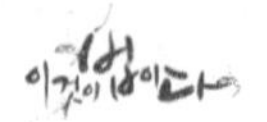

"부양료? 그건 또 뭔 소리야?"

"저도 좀 알아봤습니다만……."

물론 압류를 걸 때 자세한 사건은 알려 주지 않는다.

하지만 사건 당사자와 사건 번호만 알면 사건 내용을 확인하는 건 어려운 일이 아니었다.

"5년 전에 박산강이 자기 어머니를 내다 버린 모양입니다."

"내다 버렸다고? 뭐, 요양 병원 같은 데 보내고 방치했다는 거야?"

"그게 아닙니다. 아예 쪽방에 내다 버리고는 지난 5년간 방세는 물론 부양료를 한 푼도 주지 않은 모양입니다."

"뭐?"

그 말에 대표는 기가 막혀서 되물었다.

"그거 사실이야?"

"네. 소장을 직접 확인했으니 거짓은 아닐 겁니다."

"미친 새끼! 아니, 부모를 내다 버려?"

일반인에게 그건 말도 안 되는 소리였다.

어떻게 자식이 부모를 내다 버린단 말인가?

"그래서 어머니가 화가 나서 부양료 소송을 한 모양입니다. 그러면서 알아봤는데……."

사람에 대해 알아보려면 계기가 필요하다.

현시점에서 기업은 박산강이 파멸 직전이라는 걸 모른다.

그의 재산 내역이나 대출 내역까지 알 수는 없으니까.

하지만 소송당하고 월급이 압류되기까지 하면 회사에서는 자세한 상황을 알아보려고 한다.

사실 노형진이 원한 건 이제 와서 얼마 안 되는 부양료를 받아 내는 게 아니었다.

회사에 그 문제에 대해 경고하고 박산강을 경계하게 만드는 것이었다.

"재산도 다 압류된 상태라고 합니다."

"재산?"

"네."

"아니, 왜?"

"작전주에 들어갔다가 물렸다는 것 같더군요."

그 말에 대표는 눈을 찡그렸다.

"그거 위험한 거 아냐?"

돈이 다급한 놈은 뭔 짓을 할지 모른다. 당연하게도 회사 입장에서는 그를 경계할 수밖에 없다.

더군다나 박산강은 부장급 인사라, 돈을 빼돌리고자 한다면 쉽게 빼돌릴 수 있는 위치다.

"그렇잖아도 감사실에 박산강이 그동안 집행한 돈에 대해 조용히 감사를 진행하라고 지시했습니다."

"잘했어."

"그리고 당분간은 보직을 변경할까 생각 중입니다만."

"지금 박산강 부장이 자재부 부장이지?"

"네."

돈을 빼돌리기 딱 좋은 위치에 있다.

조금 질이 나쁜 걸 받아 주는 대신에 뇌물을 받을 수도 있고, 폐기한다고 둘러대고 슬쩍 자재를 빼돌릴 수도 있다.

"돈이 안 되는 부서로 일단 인사 발령을 내는 게 좋겠네."

말이 일단이지 사실상 원대 복귀는 불가능할 거다.

경쟁자가 한두 명도 아닌 데다가, 한번 위험 인자로 찍힌 이상 다시 믿음을 얻기란 쉽지 않을 테니까.

'더군다나 자기 부모까지 버리는 자식을 어떻게 믿고 일을 맡겨?'

일반인 상식에서도 그렇다. 돈 때문에 부모를 내다 버리는 인간을 믿는 사람은 아무도 없다.

"안전관리부로 발령 내."

"하긴, 거긴 돈이 안 되죠."

안전관리부.

말이 부서지 사실상 회사에서 '너 나가.'를 시전할 때 쓰는 부서다.

애초에 안전관리부라는 거창한 이름보다는 다른 이름으로 더 많이 불리는 곳이다. 바로 '경비실'이라는 이름 말이다.

이 회사는 경비를 정규직으로 쓰고 있다. 그래서 따로 부서를 만들어 둔 것이다.

그리고 경비원으로 일하는 사람들에게는 부서의 이미지가 별로 의미 없다. 다른 곳과 다르게 정규직 대우를 받기 때문이다.

다만 안전관리부에 배정받은 과장급 이상의 사람에게는 날벼락이나 다름없다. 그냥 대놓고 나가라는 소리니까.

애초에 부장급이 경비원을 관리하는 게 말이 안 되는 소리다.

"알겠습니다. 그렇게 인사이동 하겠습니다."

비서는 그 말에 고개를 끄덕거렸다.

몰락은 빠르게 찾아왔다.

박산강은 회사에서 갑자기 인사이동이 되었다.

그리고 그건 그의 아내 역시 마찬가지였다.

박주강 역시 회사에서 감사한다는 경고를 받고 얼굴이 사색이 되었다.

그는 한탕에 대한 욕심이 많았다.

그래서 그동안 알음알음 빼돌린 게 적지 않았다.

당연히 경매 날짜가 다가와도 빚을 갚지 못했고 경매는 예정대로 진행되었다.

"버틸 거야."

바닥에 처박히게 되면 사람은 발악하기 마련이다. 그리고 박산강은 그 최후의 저항, 아니 발악을 하기 시작했다.

"이건 내 거야! 이건 내 거라고!"

이미 경매가 결정되었고 낙찰자까지 나왔다.

그리고 오늘 그 낙찰자가 오기로 되어 있었다.

쾅쾅. 문 두들기는 소리에 박산강은 눈이 뒤집어졌다.

"꺼져, 이 새끼들아! 여기는 내 집이야! 내 집이라고!"

"문을 열지 않으면 부수고 들어가겠습니다."

"개소리하지 마!"

"부숴!"

하지만 아무리 저항한다고 한들 이미 낙찰까지 된 상황에서는 아무 소용 없었다.

"이런 씨팔."

박산강은 두리번거리다가 주방에서 식칼을 꺼내 들었다.

"같이 죽자, 이 새끼야!"

그 순간 문이 열리고 낙찰자가 안으로 들어왔다.

그를 본 박산강은 순간 흠칫할 수밖에 없었다.

"넌?"

노형진이었다.

박산강은 갑작스러운 노형진의 등장에 당혹스러워졌다.

노형진은 어머니의 대리인이기 때문이다.

하지만 혹시나 하는 기대감에 이내 박산강의 얼굴이 밝아졌다.

"이곳 낙찰자는 원정미 씨입니다. 그리고 저는 원정미 씨를 대신해서 이곳에 왔습니다."

그 말에 박산강의 얼굴은 더욱 밝아졌다.

하지만 그다음 말에, 당황해서 말을 더듬거릴 수밖에 없었다.

"이곳을 낙찰한 원정미 씨를 대신해서 강제 퇴거를 진행하겠습니다."

"강제 퇴거? 무슨 헛소리야? 엄마가 낙찰받았다면서! 그런데 웬 강제 퇴거야?"

엄마가 낙찰받았다.

그러면 보통은 자식이 그냥 살게 둔다.

하지만 노형진은 그럴 생각이 없었다.

"미안한데 말입니다, 그럴 생각이 없어서요."

부모가 자식이 사는 집을 낙찰받은 경우 그 집을 그냥 놔두는 건 자식이 불쌍하기 때문이지 진짜로 그 집을 주기 위함이 아니다.

어차피 자식 명의로 돌려주면 양도세도 내야 하고 결정적으로 다시 경매에 부쳐질 게 뻔하니까, 그냥 자기가 쥐고서 자식이 먹고 자고 할 수 있게 해 주는 것뿐이다.

그리고 그건 당연한 게 아니다.

"뭔 짓을 하셨는지는 당신이 누구보다 잘 알 텐데요?"

그 말에 박산강은 할 말이 없었다.

원정미를 가져다 버린 것도, 사고 보험금을 모조리 써 버린 것도 자신이다.

"하지만…… 우리는 어쩌란 말입니까? 제발……."

하지만 그렇다고 해서 이제 와서 어디로 가란 말인가?

여기서 나가면?

아니, 나가는 건 둘째 치고 여기에 있는 세간살이는?

"흠."

그러자 노형진이 씩 하고 미소를 지었다.

"아, 물론 방법이 없는 건 아닙니다만."

"방법이 없는 건 아니라고요?"

"네."

노형진은 주머니에서 계약서를 꺼내면서 미소 지었다.

"보증금도 거의 없고 방세도 싼 곳이 있는데, 가실 생각 있습니까?"

⚖

"결국 이렇게 되나?"

"뭐, 진짜 길바닥으로 내보낼 수도 있었지만……."

노형진은 짐이 올라가는 빌라를 보면서 입맛을 다시며 말했다.

"원정미 씨가 원하는 건 그게 아니니까."

원정미는 결국 자식에 대한 정을 끊지 못했다.

자신을 죽게 내버려 둔 자식들이 망하도록 놔두지도 못했다.

그래서 만들어진 타협점이 바로 원정미가 가진 빌라로 입주하게 하는 것이었다.

보증금은 300만 원, 월세 50만 원.

터무니없이 낮은 가격이기는 하지만 사람들이 못 살겠다고 튀어 나갈 정도의 부실 건축물이다.

"그마저도 오래는 못 사니까."

이 지역의 재건축이 진행될 걸 생각하면 짧으면 3년 이내에 나가야 한다. 그 기간 동안 빚을 갚고 살 집을 구하는 건 그들의 책임이다.

원정미는 박산강과 박주강에게 구입한 아파트를 손주들이 살 수 있게 해 줬다.

박산강과 박주강은 불만스러운 눈치였지만 뭐라고 할 수는 없었다. 저지른 죄가 있으니까.

"거기다 자식에게 소송을 걸 수는 없을 테고."

그런 짓을 하면 원정미가 지금 묵는 곳마저도 빼 버린다고 했기 때문에 그들은 전전긍긍하면서 평생을 살게 생겼다.

이미 상속분도 자신들이 아닌 자식들에게 대습상속으로 주기로 결정된 상태라 그들은 이제 계속 자식들의 눈치를 살피며 살아야 했다.

"법적으로 조지지는 않았지만 이제 인생은 시궁창행인 거네."

"그렇지."

원정미의 말대로 법적으로 전과자가 된 건 아니지만 원정미에게 완벽하게 매달릴 수밖에 없는 삶을 살게 된 것이다.

"이런 걸 엎드려 절 받기라고 하던가?"

"뭐, 비슷하지."

스스로 효도하지 않으니 강제로 효도시키겠다는 것.

"옛날 같으면 이상한 일이지만, 시대가 바뀌었으니까."

결국 현실이고, 누군가는 강제해야 하는 일이었다.

"그게 현실이지."

노형진은 쓰게 웃으며 말했다.

그리고 그 말에 서세영이 긴 한숨을 내쉬었다.

"그래, 현실이지. 그런데 이게 참 피해자에게 불리한 현실이라는 것도 짜증 나네."

"그렇지."

그렇잖아도 두 사람 앞으로 한 건의 사건이 배정되어 있었다.

"그래, 그것도 현실이지. 아주 엿 같은 현실."

노형진의 입에서는 긴 한숨만 나왔다.

부모라고? 인정 못 해!

얼마 전 노형진과 서세영은 사건 하나를 담당하게 되었다.

정확하게는 난이도가 있어서 노형진에게 배당된 사건을 교육 목적으로 서세영과 함께 담당하기로 한 것이다.

"그놈은 인간도 아니에요."

30대 중반의 여성은 부들부들 떨었다.

어찌나 억울하고 분한지 그녀의 눈에서는 눈물이 뚝뚝 흐르고 있었다.

"그 새끼를 잊어버리기 위해 20년을 버텼어요. 20년 동안 그 새끼를 잊어버리려고 발악해 왔어요. 그런데 이제 와서 돈을 내놓으라니요? 이게 말이 돼요?"

"이게 말입니다, 법적으로는 어쩔 수 없는 상황입니다."

"어쩔 수 없다니요. 제가 그 새끼한테 무슨 짓을 당했는데!"

그녀는 소리를 질렀다.

하지만 이해가 갔다. 그녀는 20년 전 대한민국을 발칵 뒤집었던 사건의 당사자니까.

그런데 그 가해자가 20년 만에 나타나서 그녀에게 돈을 내놓으라고 요구하고 있었다.

문제는 이게 지극히 합법적인 과정이라는 거다.

"그 새끼는 저를 괴롭혔어요, 무려 3년을!"

이소원 아동 학대 사건. 20년 전 대한민국을 발칵 뒤집었던 사건이다.

물론 아동 학대 사건은 자주 일어나는 편이고 그 모든 사건들이 대한민국을 뒤집는 건 아니다.

하지만 이건 그 충격이 대단했다. 다른 피해자가 엮였기 때문이다.

이소원의 친아버지인 이두억은 아내가 죽자 딸을 혼자 키우게 되었다.

문제는 그 이두억이 좋은 아버지가 아니었다는 거다.

오죽하면 당시에 주변에서 이소원의 엄마가 이두억 때문에 죽었다고 증언할 정도였으니까.

물론 이두억이 직접 죽인 건 아니지만, 패고 협박하고 돈을 빌려 오라고 하는 등 괴롭히다 보니 스트레스가 심했다고 한다.

실제로 이소원의 엄마는 암으로 죽었고 의사는 극심한 스트레스가 원인일 거라고 추정하기도 했다.

하지만 그런 걸로 이두억을 기소할 수는 없었고, 딸인 이소원을 이두억이 키우기 시작했다.

그렇게 이소원은 자신을 지켜 줄 사람을 떠나보내고 아버지인 이두억과 둘이서 살게 되었다.

술에 취한 이두억은 매일같이 그녀를 폭행했다.

네년만 아니면 새로 결혼할 수 있었는데, 네년 때문에 새장가도 못 간다면서 말이다.

물론 헛소리다. 심각한 알코올중독에 폭행까지 하는 이두억과 어떤 미친 여자가 결혼하겠는가?

당연히 그건 이두억이 이소원을 대상으로 자신의 열등감과 스트레스를 풀기 위한 핑계였을 뿐이다.

그녀는 3년간 괴롭힘을 당하다가 18세가 되던 해에 담임선생님에게 진실을 말했고, 담임선생님은 그녀를 지키기 위해 경찰에 신고하고 그녀를 빼돌렸다.

그러자 이두억은 칼을 들고 학교로 와서 학생들이 보는 앞에서 담임을 찔렀다.

다행히 급소는 피했지만 재판부는 아동 학대로 2년, 그리고 상해로 3년을 선고했다.

그 사건이 언론에 보도되면서 그 당시에 대한민국이 발칵 뒤집어졌었다.

학부모가 담임을 칼로 찌른 초유의 사태였으니까.

"그 후에 그놈한테서 도망쳐서 이제야 제 인생을 찾았다고요!"

5년 형이 나왔고 법정 구속되었기 때문에 이소원은 도망갈 시간이 충분했고, 남모르는 곳에서 자리를 잡고 결혼해서 아이도 낳으며 이제야 평범한 삶을 살아가기 시작했는데.

"하아~ 그런데 이걸 어떻게 해석해야 해? 오빠, 이거 정상이야?"

"그게 문제야. 정상이지만 정상이 아니지."

당연히 그녀는 이두억이 혹시 출소한 후에 찾아올지도 몰라 접근 금지 명령까지 걸어 둔 상황이었고, 이름도 이소원에서 이채미로, 심지어 주민등록번호도 바꿔 버렸다.

주민등록번호 변경은 보통은 잘 안 되지만 특수한 상황에는 인정되니까.

가령 이번 사건처럼 당사자가 위험한 상황에 연관되거나 할 가능성이 있다면 말이다.

실제로 그래서 20년간 숨어 지내는 데 성공했다.

그러나 얼마 전 어떻게 알았는지 이채미에게 부양료 청구 소송이 들어와 버렸다.

"이게 말이 되느냐고요. 한 달에 300만 원? 저를 매일같이 괴롭혔던 놈에게? 제 허벅지에 그놈이 담뱃불로 지진 흉터

들이 아직도 남아 있다고요!"

"이게 참, 벌써 20년은 넘게 나온 말인데 국회에서는 고칠 생각이 없어 보이니까 문제네요."

한국은 여러 가지 법이 있지만 그중에는 소위 말하는 악법도 있다.

대표적인 예가 가족관계법으로 두 가지가 유명한데, 하나는 어떤 사람이든 부모이기만 하다면 자식이 죽었을 때 무조건 재산을 상속받는다는 거다.

심지어 수십 년 전에 자식을 버리고 갔던 인간들이 자식이 죽자마자 달려와서 돈을 내놓으라고 지랄 발광하는 건 매년 몇 차례씩 벌어지는 일이지만 아직도 법원에서는 그걸 방치만 하고 있다.

다른 하나는 자식이 부모의 노후를 책임져야 한다는 것이다.

"물론 그게 보통은 정상이지만요. 문제는 그 정상적인 상황이 아닌 것까지 묶어 놨다는 거죠."

부모가 자식을 강간하거나 죽이려고 한 적이 없는 이상에는 부양료를 줘야 하다 보니, 자식을 대상으로 범죄를 저지르던 놈들도 노후에는 느긋하게 자식을 뜯어먹으면서 살 수 있다.

"저는 그 돈 못 줘요. 절대로 땡전 한 푼 못 줘요."

"이해합니다. 하지만 법적으로는 방법이 없어서요."

"그러니까 새론에 찾아온 거예요. 새론이니까. 새론은 뭐든 해결한다면서요?"

"노력은 합니다만 이 경우는 사실 답이 없습니다."

진짜 답이 없다. 법적으로 주도록 되어 있으니까.

물론 진짜로 줄 이유는 없다. 아무리 부모가 돈을 요구했다고 해도 자식이 무조건 줘야 한다는 건 말도 안 된다.

법원도 바보가 아니라서 부모가 부양료를 청구한다고 해도 청구자가 생활이 불가능한 경우에만 인정한다.

원정미 사건에서는 그걸 핑계 삼아 사회적으로 고립시키기 위해 청구한 것이다.

아무런 법적인 원인도 없이 회사에 사실을 고지하는 건 불법이지만, 소송에 들어가서 그걸 기반으로 압류를 신청하는 것은 불법이 아니기 때문이다.

"하지만 이 경우는 방법이 없어 보이네요."

노형진은 서류를 보면서 긴 한숨을 내쉬었다.

"노력은 해 보겠습니다."

하지만 이번 사건은 진짜로 쉬워 보이지 않았다.

⚖

"어떻게 생각해, 오빠? 이거 이길 수 있겠어?"

"불가능하지. 법적으로 주도록 되어 있는 거니까."

부모가 자식에게 뭔 짓을 해도 자식은 부양료에 대한 부담을 거부할 수 없는 게 현재 대한민국 법원의 판결이다.

"어느 정도 차감은 가능하겠지만."

물론 재판부도 바보는 아니고 또 자식에게 아동 학대나 범죄를 저지른 놈들에게 자식이 돈을 주는 걸 좋게 보지는 않기에 그 비용을 차감하기는 한다.

"이 사건도 소송에 들어가면 엄청나게 차감될 거야. 하지만 이채미 씨가 원하는 건 아예 돈을 주지 않는 거니까."

사실 이채미가 당한 일을 생각하면 100원짜리 하나 주고 싶지 않은 것이 정상일 거다.

법원에서 아무리 금액을 차감한다고 해도 돈을 줘야 한다는 것은 부정할 수 없는 사실이고, 그 자체가 자신을 학대한 짐승과 평생 연결되어 있어야만 함을 보여 주는 하나의 증거니까.

피해자 입장에서 그것만큼 소름 끼치는 게 어디에 있을까?

"일단 사건을 하나씩 분석해 보자. 돈을 받을 자격을 없앨 수 있을까?"

노형진은 답을 이미 알고 있지만 그래도 서세영에게 물었다. 이건 그녀에게 뭔가를 가르치기 위한 사건이기도 했으니까.

"음…… 아닌 것 같은데. 완전 땡전 한 푼 없는 것 같은데. 노동도 불가능한 것 같고."

이두억은 5년의 형을 마치고 만기 출소했다.

그러고 나서 올바르게 살았다면 그래도 돈 좀 모았을 테니 이런 청구를 하지는 않았을 것이다.

하지만 그는 사회로 나와서도 그 더러운 버릇을 고치지 못했다.

자기 딸을 폭행하는 걸 막았다고 딸의 담임선생님을 칼로 찌르는 놈이 과연 제대로 사회생활이 가능하겠는가?

5년의 형기를 마치고 출소했지만 나와서도 지속적으로 폭행과 무전취식, 강도 사건을 일으켰다.

그리고 현재 전과 7범이라는 심각한 범죄자가 되어 있었다.

"이 정도면 뭐 취업은 불가능하지. 잘해 봐야 일용직인데."

"이 병원 기록에 따르면 그것도 불가능할 것 같은데."

"그러겠네. 노동력의 상실은 부정할 수 없겠어."

일단 치과. 이빨 중 열네 개가 부러지거나 빠졌다.

당연히 제대로 치료받지 못한 상태에서 치고받고 하다가 다친 거다.

그리고 심각한 퇴행성 관절염.

병원 진단에 따르면 천천히 걷는 건 가능하지만 일반적인 속도의 보행은 불가능하다고 한다. 당연히 장시간의 노동도 불가능하다.

그렇다고 내근직을 하자니 전과 7범에 나이가 육십 먹은 노인네에게 과연 그 누가 일을 시켜 줄까?

마지막으로 지독한 알코올중독.

어느 정도로 심하냐면 이채미의 기억 속에서 이두억이 술에 취하지 않은 상황이 없을 정도고, 지난 20년간 구속될 때마다 그는 사건 기록에 알코올중독 이야기가 꼭 나왔다.

당연히 교도소에서는 술을 접할 수 없기에 진짜로 원했다면 어떻게 해서든 술을 끊을 만한 기회가 있었다.

아무리 알코올중독이 심하다고 하더라도 결국은 몇 년씩 술을 접하지 못하면 자연스럽게 나아지니까.

하지만 이두억은 출소하자마자 입에 술을 달고 살았다.

"나아질 생각도 없었고 나아지려고 시도도 하지 않았네, 진짜."

"그냥 인생 막 사는 거 맞네."

그러다 보니 나이는 먹었고 이제는 행패도 못 부린다. 지금의 몸 상태로는 남자는커녕 아줌마 한 명 제압하기도 힘든 상황.

이런 상황에서 그가 찾아낸 방법이 바로 딸인 이채미에게 자기가 살아갈 수 있는 돈을 요구하는 것이었다.

"그런데 어떻게 알았을까?"

"아마도 사실 조회 신청 같은 걸 한 거겠지."

"하지만 접근 금지 명령이 내려지지 않았어?"

"그게 문제야. 접근 금지 명령은 6개월밖에 안 되니까. 연장해도 1년밖에 유지되지 않으니까 까먹을 수밖에 없지."

"아!"

당사자가 잊어버리고 다시 신청하지 않으면 그때는 접근 금지 명령이 사라지는 거다.

설사 신청한다고 해도 그걸 법원에서 영구적으로 계속 유지해 주는 것도 아니다.

영구적으로 접근을 막기 위해서는 접근 금지 명령이 아니라 접근 금지 소송이 이루어져야 하는데, 현 상황에서 그 소송이 끝나려면 족히 몇 년은 지나야 한다.

"거기다 수년간 교도소에 가 있었던 인간이라면 방심할 수도 있지."

연락도 안 되고 서로 볼 일도 없었으니 이제는 연이 끊어졌다고 생각해서 신청하지 않으면 그때는 다시 접근이 가능해지는 것이다.

"그게 아니면 판사가 두 가지 중에 저울질해서 이쪽 편을 들어 준 거든가."

접근 금지 명령이나 부양료 청구 소송 둘 다 절대적인 힘을 가진 것이기는 하다. 그런데 그 두 가지가 충돌하는 경우 판사는 그중 어느 걸 우선시해야 하는지 고민해야 한다.

"그런데 보통은 법이 우선이니까."

"아, 그러겠네."

한쪽은 다른 판사가 내린 결정. 다른 한쪽은 법적으로 보장된 권리.

판사가 법적인 권리가 우선이라고 판단하고 바뀐 이름과 주민등록번호에 대한 공개를 명령한다면 그걸로 끝인 거다.

"일단 신청 자격 자체는 확실하네."

노동력은 사실상 잃어버린 게 맞고 지금 생활하는 곳도 고시원이다. 재산 내역은 확인해 봐야겠지만 현실적으로 이런 상황에서는 기대하지 않는 게 좋다.

"변호사를 사서 신청한 걸 보면 저쪽 변호사도 바보는 아닐 테니까."

상식적으로 재산이 있다면 허가되지 않는 걸 알고 있을 테니 그에 대해 충분히 설명해 줬을 거다.

"그쪽 변호사도 참 양심 없네, 이런 사건을 받아들이고."

"아마 그쪽 변호사는 모를걸."

"응? 뭐라고?"

"말했잖아, 이건 의무와 관련된 내용이라고. 내가 보기에는 이두억이 자기가 딸을 학대했다고 이야기하지는 않았을 것 같은데?"

도리어 비정한 딸자식이 자기를 버리고 갔다는 식으로 이야기했을 가능성이 더 크다.

"사건마다 다르지만 이건 변호사 입장에서는 선과 악의 대립이라기보다는 그냥 의무에 대한 요구일 뿐이야."

모든 사건에 선과 악이 있는 건 아니다.

정확하게 표현하자면 그 선과 악의 대립은 당사자 입장에서는 성립할지 몰라도 제3자 입장에서는 성립하기 힘들다.

"다른 자세한 내용을 빼고 이야기한다면 나쁜 건 우리인 것처럼 보일 수도 있고."

자신이 뭔 짓을 했는지, 왜 교도소에 갔는지는 쏙 빼 버리고 딸이 부모를 책임지지 않으려고 도망갔다고만 말하면 저쪽 변호사 입장에서는 이쪽이 나쁜 놈이 되어 버린다.

"음…… 그럴 수도 있겠네."

"그러니 그걸로 재판부 쪽을 압박하는 건 소용없을 거야."

이건 엄밀하게 말하면 선택의 문제이지 부정이나 불법의 문제가 아니니까.

"너라면 어떻게 할래?"

노형진은 서세영에게 미소를 지으며 물었다.

옆에서 그가 하는 걸 봐도 좋지만 가장 좋은 건 서세영이 스스로 생각해서 깨치는 것이니까.

법대에서 배울 때도 그렇다. 문제는 고작 두 줄 세 줄이지만 그걸 풀어서 두어 페이지는 나와야 기본이다. 그것도 최소 기준이 말이다.

심지어 그건 졸업 기준도 아니고 3학년쯤 되면 다 나와야 하는 정도다.

"음, 그러니까……."

한참을 고민하는 서세영.

아는 사건을 재구성하고 기존의 판례를 머릿속에서 찾아

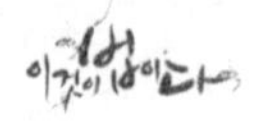

보던 서세영이 왠지 자신 없는 목소리로 말했다.

"양육비 청구 소송?"

"이유는?"

"일단 미성년자 시절에 도망쳐 나왔으니까 가능하지 않을까?"

노형진은 그 말에 고개를 흔들었다.

"땡. 틀렸어."

"왜?"

"너 지금 양육비 청구 소송으로 상계하고 싶어 하는 거지?"

"어, 맞아."

"그런데 일단 그 방법에는 몇 가지 문제가 있어. 첫 번째, 사건 자체는 미성년자 때 터진 게 사실이야. 하지만 양육을 하지 않은 건 아니거든."

웃긴 일이지만 양육하지 않았다는 기준은 방임하거나 내쫓았느냐다. 이두억은 이채미를 학대는 했을지언정 먹여 주고 재워 주고 학교까지 다 보내 줬다.

물론 학원은 보내 주지 않았지만 학원은 법정대리인의 선택에 달린 문제고, 그 당시 이채미의 법정대리인은 이두억이 맞다.

"그리고 이채미 씨는 고졸이야."

"아…… 그게 문제구나."

양육비 청구 소송의 두 번째 문제. 그건 바로 양육비 청구는 자녀가 법적으로 성년이 될 때까지만 가능하다는 것이다.

다만 대학에 진학하는 등의 이유로 학비가 더 필요하다면 그건 양육비에 포함되기는 한다. 그러나 이채미는 고졸이다.

"18세에 담임에게 도움을 요청하고 얼마 지나지 않아 이두억은 감옥에 갔지. 아마 양육이 이루어지지 않은 시기는 잘해 봐야 몇 개월 정도일 거야."

대학에 가지 않았으니 그녀는 만 19세가 되는 시점부터 성인으로서 양육비를 청구하지 못하게 된 것이다.

"거기다가 부양료 청구는 일신전속권이라고."

"아, 맞다. 그걸 잊고 있었네."

일신전속권이란 제3자에게 줄 수도, 취소할 수도, 부정할 수도 없는 절대적인 권리를 말한다.

법적으로 그 사람이 아니면 그 권리를 쓸 수 없다.

설사 누군가가 자신의 부양료 청구권을 양도한다고 계약해도 그 계약은 원천적으로 무효이며, 당연히 그걸로 청구해도 법원에서 인정받지 못한다.

그건 상계, 즉 다른 채권과 충돌할 시에도 보호받는다.

돈을 받은 권리자가 그 돈을 채권자에게 넘겨주는 것은 가능할지 모르지만 돈을 받을 권리를 넘겨줌으로써 채권과 상계하는 것은 불가능하다.

"아…… 망했네."

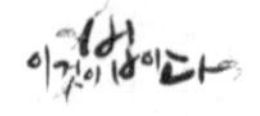

노형진의 말에 서세영은 아차 싶었다.

"깜빡했다."

"뭐, 어쩔 수 없지. 부양료 청구 소송은 거의 없었으니까. 사실 사문화되어 있다시피 했던 규정이기도 하고."

애초에 부양료 청구에 관한 규정은 아주 오래전에 만들어졌지만 소송은 거의 없다시피 했다.

왜냐하면 아주 오랜 시간 부양료에 관한 개념이 일반인들에게 '당연히 자식들이 책임져야 하는 거 아니냐.'라는 식으로 인식되고 있었으니까.

만일 자식들이 부모의 노후를 책임지지 못할 정도라면 자식의 인생도 이미 나락으로 떨어져서 여력이 없는 경우가 대부분이었기에 노인들도 그냥 포기한 결과, 수십 년 동안 부양료 청구 소송은 사문화되다시피 해 왔다.

"그래서 현재 법도 그 지랄인 거고."

의외로 부양료 청구 소송은 세계 각국에 존재한다.

하지만 대부분의 국가에는 부양료 청구 권리를 박탈하는 것에 관한 규정도 있다. 가령 이번처럼 학대 등의 정황이 있는 경우 신청자는 그 부양료를 청구할 권리가 박탈되는 것이다.

하지만 한국은 거의 사문화되어 있었고 그 때문에 고칠 타이밍을 놓쳐서 여전히 수십 년 전 만들어진 기준으로 판단되고 있는 거다.

"도대체 국회의원들은 이런 것도 고치지 않고 뭐 하는 거야?"

"이게 굳이 이슈가 되거나 표가 갈릴 만한 법이 아니잖아."

그러니 대부분의 국회의원들이 관심조차도 없다.

매년 한국에서 부양료 청구 소송은 3천 건 정도이니 다른 사건들에 비해 표가 왔다 갔다 하지 않는다.

"잠깐 이슈 탈 때야 거품 물고 고치겠지만 그런 법이 어디 한두 개냐?"

대부분의 경우 표결까지 가지도 못한다. 시기가 묘하게 틀어져서 국회에서 개싸움 나는 시기에 자꾸 걸렸기 때문이다.

"표결까지 간 적이 한 번도 없어?"

"없는 건 아니지. 있기는 있어. 하지만 그에 대해 반대표가 많으니까."

"뭐? 왜? 이게 무슨 정치적인 판단도 아니잖아!"

아동을 학대하거나 아동을 대상으로 범죄를 저지른 부모에 대한 피해 아동의 부양 책임을 면하게 해 주려는 시도가 없었던 건 아니다.

하지만 이건 누가 봐도 올바른 방향이고 법적으로도 도덕적으로도 전혀 문제가 없어도 반대표를 던지는 놈들이 더럽게 많다.

"정치적으로 올바른 방향이니까."

"그건 또 무슨 소리야? 그 PC인지 뭔지 하는 그거?"

"아니, 그게 아니라, 진짜로 정치적으로 올바른 방향이거든."

이러한 방향성은 이 법을 통과시킨 정당에는 홍보의 포인트가 된다는 것이 문제다.

표결에 부쳐져도 그다지 문제가 없는 작은 법률이기는 하지만 동시에 수십 년간 고쳐지지 않고 사람들의 공분을 자아내는 사건이기도 하다.

만일 이것이 특정 정당 소속 국회의원의 입법으로 고쳐졌다며 홍보한다면? 다른 정당은 자기들이 정치적으로 손해라는 생각을 할 것이다.

"그런 경우 법의 올바른 방향성과 상관없이 일단 반대하는 거지, 상대방의 지지를 깎아 먹기 위해서."

"와, 개더러워."

"정치란 그래. 얼마 전에 소방관을 국가직으로 전환할 때도 그랬잖아."

"아, 맞다. 그랬지. 하여간 정치인들이란."

소방관은 오랜 시간 지방직 공무원이었다.

당연히 제대로 된 지원도, 심지어 법으로 정해진 수당도 받지 못하고 고통받았다.

심지어 차량 정비조차 규정대로 하지 못해서 브레이크가 제대로 작동하지 않는 차량도 있을 정도였다.

그걸 국가직으로 전환해서 제대로 지원한다는 정치적인 문제가 아니라 합리적인 수단에 대해서도, 국회의원들은 예산 타령하면서 결사반대 했다.

더 웃긴 건 방송 토론이나 외부 토론에서는 적극 찬성해 놓고 내부 토론에서는 결사반대 하고, 심지어 표결에서 실제로 반대표를 던졌다는 것이다.

"그런데 너도 기억나지?"

"아, 맞아. 기억나. 누굴 말하는지 알겠네."

그렇게 극단적으로 반대하던 국회의원은 결국 그 법이 통과되어서 소방관이 국가직으로 전환되자 그게 마치 자기 치적인 것처럼 자신의 지역구에 '국민 여러분, 드디어 소방관 국가직 해냈습니다.'라는 내용의 플래카드까지 걸었다.

"이 건도 마찬가지야."

남이 홍보용으로 쓸 수 있는 법률이니까 일단 반대하는 거다.

"현실적으로 고쳐지지 못하는 대부분의 법률은 이런 상황인 거지."

"에휴~."

노형진의 말에 서세영은 자신도 모르게 긴 한숨을 쉬었다.

"그러면 어떻게 해야 해?"

"일단은 현재 가장 가능성 높은 방법은……."

노형진은 한참 머릿속으로 방법을 정리하다가 말했다.

"이채미 씨에게 물어봐야지."

"엉? 방법을 설마 이채미 씨한테 물어본다는 건 아니지?"

"아니. 돈을 안 주고 잊을 건지 돈을 주며 복수할 건지."

그건 피해자의 선택이었다.

⚖

“뭐라고요? 돈으로 복수할 수 있다고요?”

“네.”

“저는 한 푼도 주고 싶지 않다고 했잖아요.”

“솔직히 말씀드려서 돈을 아예 안 줄 수는 없습니다. 전에도 말씀드렸지만요.”

법적으로 주게 되어 있으니까.

“아니, 그 인간 같지도 않은 놈한테 매달 300만 원을 줘야 한다는 거예요?”

이채미의 말에 노형진은 고개를 흔들었다.

“아니요. 그건 말도 안 됩니다. 재판부도 바보는 아니고요. 애초에 그 정도 돈은 안 나옵니다.”

부양료 청구 소송이라고 해서 무조건 원하는 대로 액수가 정해지는 게 아니다. 보통 이런 소송을 하는 사람들이 잘못 아는 게 바로 이 부분이다.

“양육비나 이런 부양료 청구 소송을 통해 줘야 하는 돈의 액수에는 규정이 있습니다.”

실제로 양육비로 편하게 놀고먹으려고 이혼할 때 아이를 데리고 왔다가 너무 낮은 비용에 아차 싶어서 내다 버리는 사람들이 있기에 양육비나 부양료는 규정에 따라 비용이 정해진다.

"원하는 대로 줬다가는 상대방의 인생이 망가지니까요."

예를 들어 상대방 월급이 500만 원인데 양육비로 400만 원을 내놓으라고 한다면 법원에서 인정할까?

그럴 리가 없다.

잘해 봐야 100만 원. 그것도 운이 좋을 때의 이야기다.

왜냐하면 말 그대로 애를 키우는 데 들어가는 돈만 인정하는 거니까.

상식적으로 500만 원을 번다 한들 현실적으로 애한테 들어가는 돈이 200만 원 이상 되기는 힘들기 때문이다.

물론 학원 같은 걸 생각하면 나중에는 그럴 수 있겠지만 그래도 평균이라는 게 있다.

더군다나 아이를 데리고 간 측의 양육 책임 또한 사라지는 건 아니다.

쉽게 말해서 양육비는 상대방에게서 돈을 뜯어 오라는 게 아니라 진짜로 아이한테 들어가는 돈을 절반씩 나눠 내라는 의미다.

"그래서 일반적인 회사원 기준으로 50만 원이나 60만 원 선입니다. 그마저도 월급이 적으면 더 줄어들구요."

"그건 양육비잖아요?"

"이런 부양료도 마찬가지입니다."

부양료에는 양육비처럼 반으로 나눈다는 개념은 없지만 그걸 지급할 사람의 권리가 좀 다르다.

“일단 부양료는 1순위와 2순위가 있습니다.”

“그것도 순위가 있어요?”

“네. 1순위는 부부이고 2순위는 직계비속, 그러니까 자녀입니다.”

그 말에 이채미가 눈을 찡그렸다.

“그게 무슨 의미가 있어요? 어차피 엄마는 죽은 지 오래라서 나 혼자 내야 하는데.”

“이건 누가 우선적으로 돈을 내느냐의 문제가 아니라 내가 주는 돈이 얼마냐의 문제이거든요.”

1순위인 부부는 최우선 대상이다. 그래서 그 책임을 공동으로 나눈다.

쉽게 말해서 1순위인 부부는 같은 수준의 책임을 져야 한다는 소리다.

만일 부양의무자에게 매달 500만 원을 쓸 정도의 재력이 있다면, 1순위인 부부의 경우 똑같이 500만 원 정도 쓸 수 있게 해 주거나 아니면 500만 원을 나눠서 똑같이 250만 원씩 쓸 수 있게 해 줘야 한다.

“하지만 2순위는 좀 다릅니다. 2순위는 지급하는 사람의 삶이 우선이죠. 쉽게 말해서 2순위는 현재 삶의 수준을 유지할 수 있는 정도의 비용을 제외하고 남은 걸 주는 겁니다.”

예를 들어 부양의무자에게 매달 500만 원의 수익이 있고 고정 지출이나 현시점에서의 지출이 평균 450만 원이라서 여유 자금이 50만 원이라면 그 50만 원 안에서 주는 거다.

"전자를 생활 유지 의무라고 하고, 후자를 생활 부조 의무라고 합니다."

부양료를 같이 생활할 수 있는 정도로 주는 것과 생활을 보조하는 정도로 주는 것은 전혀 다를 수밖에 없다.

"아마 재판하더라도 저쪽에서 요구하는 300만 원은 나오지 않을 겁니다."

실제로 2순위를 대상으로 한 수많은 소송에서 진짜 어마어마하게 잘사는 집이 아닌 이상에야 대부분 지급 금액은 40만 원에서 50만 원을 왔다 갔다 한다.

"그런다고 해서 돈을 안 주는 건 아니잖아요! 저는 땡전 한 푼도 주고 싶지 않다니까요!"

"그래서 드리는 말씀입니다. 어차피 줘야 합니다. 학대를 당하셨다고 하지만, 글쎄요. 재판부에서는 이걸 큰 결격사유로 보지 않을 겁니다."

"후우~ 그러니까 저한테 돈을 줘라, 그거네요? 제가 진짜 잘못 찾아온 것 같네요. 하긴, 다른 곳도 마찬가지였지만."

다른 곳도 주는 것 외에는 방법이 없다고 했기에 그녀는 우울해졌다.

돈이 문제가 아니라 그 인간에게 돈 자체를 주기가 싫었기 때문이다.

그런 이채미에게 노형진은 좀 더 설명해 줬다.

"물론 단기적으로는 좀 줘야 할 겁니다. 하지만 장기적으로 본다면 돈을 주면 복수할 수 있고, 돈을 안 주면서 연을 끊을 수도 있습니다."

그 말을 이해하지 못한 이채미는 노형진에게 되물었다.

"그거 확실한 거예요?"

"확실합니다. 물론 시간이 좀 걸리겠지만요."

노형진은 그녀에게 물었다.

"어느 걸 선택하시겠습니까?"

"일단…… 그때 가서 보고 싶네요."

"좋습니다. 그러면……."

노형진은 계약서를 꺼내서 내밀었다.

"계약하시죠, 후후후."

기회는 함정일 때도 있다

계약 후 노형진이 다음 계획을 짜고 있자 서세영이 물었다.

"그런데 그 이두억이라는 사람은 왜 이런 소송을 한 걸까? 돈이 썩어 문드러지나? 돈이 없어서 하는 소송 아니야?"

"뭐, 장기적으로 보는 것도 있지만 상대방 변호사가 제대로 말해 주지 않은 것도 있겠지."

현재 상황을 보면 이두억이 아무리 노력해도 30만 원 이상의 부양료가 나올 가능성은 높지 않다.

일단 이채미는 결혼해서 아이를 둘이나 키우는 입장이고 한창 아이들에게 돈이 들어가는 시점이다.

그녀와 그녀의 남편은 맞벌이를 하고 있지만 아이들에게 들어가는 돈은 적지 않다.

그 말은 여유 자금이 별로 없다는 것을 뜻한다.

법원에서도 기존 생활을 기준으로 판단하기 때문에 카드 사용 내역이나 지출 내역 같은 걸 참고하는데, 이채미의 말대로라면 여유 자금이 별로 없기에 이두억이 가지고 갈 돈도 거의 없다.

더군다나 재판부 입장에서는 부양이 법적으로 하나의 의무로 규정되어 있다고 해도 이두억의 범죄 사실을 모를 수가 없다.

일단 노형진과 서세영이 그걸 재판부에 제출했으니까.

그리고 재판부는 그런 학대 기록이 있는 경우 의외로 지급 금액을 사정없이 깎는다.

"아마 30만 원은 절대 넘지 않을걸."

이두억은 열 받겠지만 현실이 그렇다.

"그런데 지금 변호사비가 표준 550만 원이잖아."

그러니까 한 달에 30만 원 받는다고 치면 그걸 다 갚기 위해서는 못해도 2년은 걸릴 거라는 거다.

아마도 그 돈이 이두억이 가진 전 재산일 가능성이 높다.

"뭐, 뻔한 거지. 의뢰받고 사건이 개판 나도 입을 싹 닦는 거지."

실제로 그런 변호사들은 한두 명이 아니다.

못 이길 사건도 이길 수 있다면서 일단 의뢰를 받은 다음, 지면 어쩔 수 없었다는 식으로 행동하는 것이다.

"아마 이두억이나 그 변호사나, 서로 속이고 있는 상황일 거야."

이두억은 이채미에게 행한 학대는 쏙 빼고 이야기했을 테고, 그 변호사는 평균 승소 비용이 얼마인지 말해 주지 않았을 것이다.

"아마도 이두억은 한 150만 원에서 200만 원 정도는 받을 수 있다고 생각하지 않을까?"

"뻔뻔하기도 해라."

"뻔뻔하지. 그러니까 그런 짓거리를 하고 다니지."

노형진은 그가 딱히 불쌍하다는 생각은 하지 않았다.

결국 자업자득인 셈이니까.

"그리고 그 사실을 모르는 게 그의 인생이 망가질 가장 큰 이유라는 거지, 후후후."

노형진은 가장 먼저 그의 주소지에 있는 행정 복지 센터를 찾아갔다. 그리고 그곳에서 복지 담당 공무원을 만났다.

"노형진 변호사라고 합니다. 이쪽은 서세영 변호사고요."

"네, 안녕하세요. 이귀자입니다."

이귀자는 피곤한 얼굴이었다.

그런 이귀자를 보면서 노형진은 혀를 끌끌 찼다.

‘힘들 만하지. 복지가 뭐 애들 장난도 아니고.’

하급 공무원 업무 중에서 가장 힘든 일을 뽑으라 한다면 단연 복지다.

왜냐하면, 어떻게 보면 이건 생존권과 이권의 문제이기 때문이다.

그래서 민원인 대부분이 극단적이고 편집증적인 경우가 많다.

인심은 지갑에서 나온다는 말이 있듯이 당장 내일 복지 지원이 끊어지면 생계가 불투명한 상황인데 과연 예의 바르게 행동할 여유가 있을까?

그렇다 보니 극단적으로 대응하는 사람들이 많아 복지 담당 공무원은 대부분 순식간에 말라 간다.

“사실은 부탁드릴 게 있어서 왔습니다.”

“부탁요? 죄송한데 청탁 같은 건 안 받아요.”

부탁이라는 말에 이귀자는 기겁했다.

말이 부탁이지, 이것저것 해 달라는 인간이 얼마나 많은지 겪어 보지 않은 사람은 모른다.

“아, 물론 불법적인 것은 아닙니다.”

“불법적인 건 아니라고요?”

“네. 지극히 합법적인 겁니다.”

“그런데 그걸 왜 저한테…….”

“합법적이지만 현시점에서는 아무래도 힘든 일이니까요.”

그 말에 이귀자는 눈을 찌푸렸다.

그녀도 공무원이기에 지금 상황이 어떤지 누구보다 잘 안다.

"어디로 찾아가서 확인해 달라고 부탁하려는 거죠?"

"네."

"하아~."

복지직 공무원은 아주 부족하다.

매년 뽑고 또 뽑아도 부족하다.

매년 복지는 늘어나는데 인원은 부족할 수밖에 없는 게, 많은 사람들이 지랄 같은 진상에 질려서 그만두고 다른 직렬로 다시 시험 보기 때문이다.

그렇다 보니 다섯 명이 해야 하는 걸 세 명도 안 되는 사람들이 하는 경우는 흔하고, 두 명이서 꾸역꾸역 하는 경우도 많다.

"이 주소지에 사는 노인분이 복지 대상인지에 대해 심사해 주셨으면 합니다."

"그건……."

찾아가는 서비스 차원에서라면 가능하기는 하다.

하지만 그러기 위해서는 못해도 반나절, 길게는 하루를 빼야 하는데, 인원이 부족해서 매일같이 허덕거리는 복지직 공무원에게는 절대로 불가능한 일이다.

매일같이 위에서는 복지 사각지대니 뭐니 하면서 그런 사람을 보호하라고 불호령을 내리지만 인원도, 충분한 예산도 안 주면서 불호령만 내려 봐야 바뀌는 건 없다.

"시간이 나면…… 갈게요."

"가능하면 빨리 부탁드립니다만."

"저희도 너무 바빠서……."

"아, 물론 공짜는 아닙니다."

그 말에 이귀자는 찔끔했다.

"아니, 아까도 말씀드렸다시피 청탁은 안 돼요!"

높으신 분들이야 청탁받고 수십억을 받아먹어도 멀쩡하고 힘 있는 자리에 있는 사람들이야 청탁이 일상이라지만, 복지직 공무원은 대표적인 힘없는 자리다.

청탁은커녕 음료수 한 박스 받는 것만으로도 위험해지는 그런 자리.

"압니다. 돈 같은 건 못 드리죠. 대신에 자원봉사를 하고 싶습니다."

"자원봉사요?"

"네. 이 복지 분야가 은근히 자원봉사자를 많이 필요로 하지 않습니까?"

필요하다. 많이 필요하다.

원래 복지 분야에서는 힘쓸 수 있는 사람이 많이 필요하다. 정부에서 쌀이나 물품을 많이 지원해 주니까.

문제는 공무원 업계의 여초 현상이 심해져서 그런 무거운

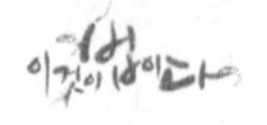

짐을 옮길 사람이 부족하다는 거다. 특히 복지 분야는 그런 현상이 더더욱 심한 편이다.

어떻게 남자가 들어와도 질이 나쁜 선배들 탓에 그런 일을 거의 혼자 하면서 민원인들의 온갖 지랄까지 감당하다 보면 결국 그들도 성질이 나서 사표를 던지는 경우가 많기 때문이다.

"원하시는 시점에 열 명 정도 자원봉사를 하러 오겠습니다."

"원하는 시점에 열 명의 자원봉사자라니……."

어차피 받지도 못하는 돈보다는 그게 훨씬 더 군침이 당기는 이귀자였다.

"두 번 정도요."

그리고 두 번이라는 말에 이귀자는 마음이 확 기울었다.

'그렇잖아도 조그마한 행사가 있는데.'

남자 직원이 없어서 그때는 또 어떻게 넘기나 하는 생각에 정신이 아득해지던 차였다.

전에는 공익 근무 요원을 부려 먹었지만 노형진이 공익 근무 요원 고발 시스템을 만들어 두는 바람에 요즘은 그 짓도 못 한다.

"진짜로요? 하지만 심사나 신청은 제가 받을 수 있지만 허가는 제 소관이 아니거든요."

"압니다."

공무원에게 와서 지랄하면 통과된다고 생각하는 사람도

있지만 이런 공무원에게는 결정 권한이 없다. 그저 심사 신청을 받은 걸 위로 올리는 것뿐이다.

"가셔서 심사 신청만 해 주시면 됩니다."

"심사 신청만 해 주면 된다 이거죠?"

"네. 그걸 보통 선진 공무라고 한다죠?"

그건 합법의 영역이다. 어차피 그녀가 해야 하는 일이다.

실제로 신청인의 거동이 불편하면 종종 자택에 방문해서 신청서를 받는다. 그걸 통과시켜 달라고 하는 건 불법이지만, 애초에 그럴 권한도 없다.

"좋아요. 바로 내일 갈게요."

"감사합니다."

노형진은 그녀에게 미소를 지었다.

"좋은 결과가 있기를 바라요."

"아마 좋은 결과가 있을 겁니다."

누구보다 그걸 잘 아는 노형진이니까 그건 확실했다.

기초 생활 보장 제도란 가난한 사람들을 국가에서 보호하는 제도다.

노동도 불가능하고, 사실상 지원이 없으면 죽는 사람들.

그들에게 정부는 지원금을 주면서 생계를 유지하도록 도

와준다.

이런 기초 생활 보장 제도의 수혜인을 기초 생활 수급자라고 하는데, 기초 생활 수급자가 되면 약간의 돈과 쌀 그리고 여러 가지 지원을 받게 된다.

그런데 이런 기초 생활 수급자가 되기 위해서는 수급자가 직접 신청해야 한다.

물론 신청한다고 해서 100% 통과되는 건 아니다.

"당연히 이두억이 이런 걸 알 리가 없지."

그는 인생의 반을 교도소에서 보낸 인간이다. 그 나머지 반마저도 공부하고 노력하기보다는 술에 취해서 행패를 부리며 살아왔다.

"그런데 오빠, 그러면 도리어 안 좋은 거 아니야?"

서세영은 진짜 이해가 가지 않았다.

"그냥 가만히 있으면 모르고 끙끙거릴 걸 왜 굳이 공무원에게 찾아가서 부탁까지 하는데?"

이런 기초 생활 수급은 자기가 신청해야 하는데, 이두억은 그 사실을 전혀 알지 못하는 데다 이런 건 공무원이 먼저 찾아와서 해 주지도 않는다.

당연히 신청하라고 안내서 같은 걸 보내 주지도 않는다.

"원래 추락시킬 때는 높은 데서 추락해야 더 아프거든. 뭐, 이런 경우는 날아 봤자지만."

그렇다고 해서 추락시킬 의미가 없는 것은 아니다.

"일단 기초 생활 수급자는 어렵지 않게 통과될 거야."

이두억의 나이는 이미 65세가 넘었다. 더군다나 노동력은 상실한 상태고 전과가 7범이나 된다.

실제로 그런 경우는 외부에서 일할 수가 없기 때문에 어렵지 않게 신청이 가능하다.

"그사이에 우리는 우리 일을 진행해야지."

⚖

이두억은 자신을 찾아온 복지직 공무원의 말을 듣고 얼마 지나지 않아 통과되었다는 연락을 받을 수 있었다.

물론 단순 범죄자라면 그렇게 쉽게 통과되지 않는다.

애초에 단순 범죄자라는 이유로 기초 생활 수급자로 인정되는 경우는 거의 없다.

범죄 기록 등으로 인해 사실상 취업이 불가능한 경우에는 인정해 주는 규정이 있기는 하지만, 대부분의 범죄자들은 일당직 같은 게 가능한 건장한 몸을 가지고 있기 때문이다.

더군다나 국민들도 세금으로 범죄자를 먹여 살린다는 것에 대해 불만이 많아서 단순 범죄자라는 이유로는 지급 대상이 되지 못한다.

다만 이두억 같은 인간은 심각한 질병과 알코올중독으로 인해 더 이상 일하는 것 자체가 불가능해서 허가가 났다.

"허가되셨고요. 다음 달부터는 지원금이 나올 거예요."

"얼마나?"

이귀자는 자신에게 반말을 찍찍 하는 이두억의 말투에 눈을 찡그렸다.

처음 만난 날부터 이두억은 이귀자를 마치 노예 부리듯 반말로 대했다.

"매달 120만 원 정도 나오실 거예요."

"오, 땡잡았네. 킬킬킬."

이두억은 그 말에 절로 웃음이 나왔다.

"그거면 소주가 몇 병이야. 매 끼니 해장국에 소주 한잔해도 되겠네."

'아, 미친 새끼. 저런 새끼한테 왜…….'

그녀가 공무원 생활을 하면서 가장 짜증 나는 경우가 바로 이런 경우였다.

진짜 힘들고 어려운 사람들을 돕고 싶어서 복지를 선택했지만 현실은 시궁창이었다.

이런 놈들은 대부분 돈만 알고 남에게 피해만 입히는 놈들이다.

지원을 받아서 어떻게 해서든 자립하거나 재기하려고 하는 게 아니라 그걸 이용해서 편하게 놀고먹을 생각만 하니까.

당장 돈이 생기면 술 처먹을 생각만 하는 놈들이 넘쳐 나니 사회에 도움이 안 될 수밖에 없다.

'짜증 나네, 증말.'

하지만 법에서 해 주라고 하니 어쩔 수 없이 따라야 했다.

'그런데 그 변호사는 도대체 왜 이걸 해 달라고 한 거지?'

아무리 봐도 이두억이 변호사를 선임할 정도로 돈이 있는 건 아닌 듯했다.

이두억도 그 변호사에 대해 모르는 듯했고 말이다.

그런데 굳이 자원봉사자를 보내 주겠다는 조건까지 달아서 신청하다니.

'그 자원봉사자도 말이 자원봉사자지.'

척 봐도 일당을 주고 보낸 사람들이었다.

그런 사람들을 돈 주고 몰래 보낸다는 것 자체도 이상한 일이었다.

"매달 쌀도 조금 나올 거고요."

"그건 됐으니까 돈 내놔."

"네?"

"아니, 나 그 기초 뭐시기라고 돈 준다면서? 줘. 가서 소주 한잔하게."

"다음 달부터라고 말씀드렸잖아요!"

"아니, 나는 당장 굶어 죽을 판인데 다음 달부터 준다고?"

그 말에 이귀자는 속에서 열불이 터졌다.

그렇잖아도 진상이 80%다. 그런데 또 다른 진상이 등장한 것이다.

"그건 다음 달부터 계좌로 들어갈 거예요."

"뭐? 이번 달은 땡전 한 푼 안 준다는 거여?"

"다음 달부터 드린다니까요."

"아니, 씨팔. 그런 법이 어디 있어?"

"법이 그래요! 법이!"

"야, 이 씨팔. 이 개 같은 년이? 야, 너 윗대가리 누구여? 누구여! 당장 튀어나오라고 해!"

이두억이 분노로 목소리를 높이자 이귀자는 정말 울고 싶었다.

'이런 개 같은 짓, 진짜 그만둬야지.'

말이 복지지 업무의 절반은 이런 진상을 상대하는 일이다.

그렇잖아도 일은 많은데 사람이 부족해서 죽을 판국인데 이런 진상이 와서 행정 복지 센터를 뒤집고 가면 그날은 되는 일이 없었다.

"씨팔, 개년아! 돈 내놓으라고!"

"어르신, 다음 달부터 나올 거라고요."

그녀가 할 수 있는 건 욕먹으면서도 그냥 했던 말을 하고 또 하는 것뿐.

"이 갈보년이!"

이두억이 진상을 부리기 시작하자 주변에서 슬슬 눈치를 보더니 하나둘 자리를 이탈하기 시작했다.

'그래, 알지.'

자기한테 불똥이 튀는 걸 피하고 싶은 거다.

심지어 그녀의 상관조차도 슬슬 눈치를 보면서 밖으로 나가고 있었다.

그때였다.

"어르신, 그만하시죠."

"뭐? 뭐야? 넌, 넌 뭐야, 이 새끼야."

"지금 공무집행을 방해하고 계신 겁니다."

얼마 전에 이두억의 심사를 부탁한 노형진이었다.

노형진이 이두억을 보고 조용히 경고했다.

하지만 이두억은 전혀 멈추지 않았다.

"이 어린놈의 새끼가!"

이귀자는 이 상황이 도무지 이해가 가지 않았다.

'뭐 하자는 거야, 지금?'

분명 노형진이 그를 기초 생활 수급자로 심사해 달라고 했었다. 그런데 이제 와서 마치 모른 척 행동하다니?

"제가 어르신보다 나이가 어리기는 하지만 변호사거든요."

노형진은 변호사 명함을 내밀며 말했다.

"그래서 법에 대해서는 잘 알죠. 공무집행방해죄로 경찰을 부를까요?"

그 말에 이두억은 움찔했다.

"크험, 넌 진짜 운 좋은 줄 알어. 지금은 내가 바쁜 일이 있어서……."

그러면서 허둥지둥 도망가는 이두억.

그 뒷모습을 보며 노형진은 피식 웃었고, 이귀자는 어이가 없었다.

"서로 아는 사이가 아니신 거죠?"

"네."

"그런데 왜 신청을 받아 주라고 하신 거예요?"

"따님이 의뢰인이거든요."

"따님이요?"

"네. 아, 뭐 이건 비밀입니다."

"비밀이고 자시고, 엮이고 싶지 않네요."

"뭐, 엮이실 일은 없을 겁니다."

"그런데 왜 오신 거예요?"

"혹시나 허가가 났는지 확인하러 왔죠."

"일단 났고요. 다음 달부터 들어갈 거예요."

"감사합니다."

노형진은 씩 웃으며 그곳에서 나왔다.

저 멀리 허둥지둥 도망가는 이두억의 뒷모습이 흐릿하게 보였다.

"쯧쯧."

하지만 관절염 때문인지 제대로 걷지도 못해서 그 속도는 느리기 그지없었다.

"오빠."

"응?"

"저 인간은 왜 저렇게 도망가는 거야? 방금 전만 해도 공무원들 다 쳐 죽일 것처럼 굴더니."

서세영은 이해가 가지 않았다.

노형진이 나타나기 전까지만 해도 그는 진짜 센터를 다 뒤집어 놓을 것처럼 행동했다.

그런데 이제 와서 다급하게 도망가니 이해가 가지 않았다.

"교도소에 가기 싫으니까 그렇지, 뭐. 공무집행방해죄가 생각보다 처벌이 세거든."

특히나 그는 전과가 7범이나 된다.

전과가 많다고 가중처벌 하라는 규정은 없지만, 대부분의 판사들은 전과가 많은 전과자에게는 알게 모르게 형량을 늘리는 모습을 보인다.

"교도소에 뭐 한두 번 가 보나?"

"상황이 바뀌었거든."

"무슨 소리야?"

"지금 교도소에 다시 가면 서열이 바닥이니까."

"응?"

"너도 변호사로서 좀 알아 두기는 해야 하겠네. 교도소는 말이지, 내부의 위계질서가 상당히 명확해."

그 안에서 정해진 규칙에 따라 머물 수 있는 자리나 할 수 있는 행동이 정해진다.

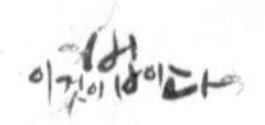

"1순위는 강력 범죄로 사형선고를 받은 사람들."

그들은 대부분 인생이 막장이기에 그 안에서 누굴 죽여도 바뀌는 게 없다. 그래서 그들을 터치하는 경우는 거의 없다.

그리고 그들도 어지간하면 다른 죄수들과 엮이려고 하지 않는다.

"2순위는 부자들이나 재벌가들."

감옥을 잠깐 스쳐 지나가는 사람들이 대부분이고, 그마저도 간수뿐만 아니라 교도소장까지 매일 아침 문안 인사를 드리는 대상이다.

그들을 건드리면 나가는 순간까지 징벌방에 들어가 있어야 할지도 모르기에 누구도 그들의 심기를 건드리지 않는다.

"뭐 여기까지는 특수한 경우고, 세 번째부터가 일반적인 순위지. 조직폭력배 같은 놈들이 보통 방장 하지."

사형수나 재벌가는 진짜 어지간하면 만날 일이 없지만 조폭이나 주요 폭력 사범들은 의외로 제법 흔하게 만날 수 있다.

"문제는 교도소의 모든 위계는 힘으로 굴러간다는 거야."

사회의 법과 규칙? 나이에 대한 배려?

그딴 건 없다. 힘이 없으면 그냥 최하위 서열이고 힘이 있으면 최상위 서열인 거다.

"그런데 이두억이 이제 와서 교도소에 가면 어떻게 되겠어?"

"아, 그렇겠네."

과거에 한창 잘나갈 때는 아마도 윗대가리 자리를 차지하고 다른 방의 죄수들을 부려 먹으면서 편하게 살았겠지만, 이제는 그냥 잡범에 힘도 없는 죄수다.

"뭐, 아예 장기수라서 교도소 내에서 늙어 버린 거라면 내부에서도 놔두는 편이지만 힘도 없는 늙은이가 공무집행방해 같은 잡범으로 가잖아? 아마 인생이 고달플걸."

"지금 이두억은 그러다가 나왔을 가능성이 높겠네?"

"그랬겠지."

처음에는 젊으니까 힘으로 찍어 눌렀겠지만 아마 마지막 7범째가 되자 슬슬 힘에서 밀리는 걸 확연하게 느꼈을 것이다.

아마도 그는 교도소 내부에서 진짜 온갖 더러운 꼴을 다 당하고 나왔을 거다.

그러니 그는 교도소에 다시 들어가고 싶지 않을 거다.

"저런 인간들의 특징은 자기에게 저항할 수 있는 사람한테는 절대로 개기지 못한다는 거야."

실제로 자식이 어릴 때는 두들겨 패다가 자식이 장성해서 뒤집어엎어 버리면 나중에는 눈치 보면서 슬슬 피하는 인간들이 한둘이 아니다.

"그나저나 이제 돈이 들어오는데 뭘 어떻게 해야 해?"

"어떻게 하긴, 압류해야지."

"으엥?"

노형진의 말에 서세영은 고개를 갸웃했다.

“아니, 압류가 돼?”

손해배상의 공소시효는 이미 지났다.

당연하게도 이채미는 압류를 걸 이유가 없다.

“이채미 씨야 그렇지. 하지만 다른 피해자들이 있잖아.”

“아, 그렇기는 하지.”

이두억은 상당한 기간을 교도소에서 보냈다.

아무리 전과가 많다고 해도 한국은 한 사람을 교도소에 보내는 것에 대해 보수적인 성향을 보이는 편이다.

법원이 착해서라기보다는 한국의 교정 시설 숫자가 워낙 부족해서 교도소에 자리가 부족하기 때문이다.

그런데도 불구하고 감옥에서 그렇게 오래 있었다는 것은 그 피해가 적지 않았다는 걸 의미한다.

“그 피해자들에게 말해야지.”

노형진은 씩 웃었다.

⚖

“아, 그 미친 새끼요.”

이두억이 마지막으로 범죄를 저지르고 간 곳은 어느 가게였다.

“출소했어요?”

“네.”

"아, 미친 새끼가 여기로 온 건 아니죠?"

"아닙니다. 지방으로 내려갔습니다."

"다행이네요. 미친 새끼 그거, 휴우~."

식당 주인은 그 말에 안도의 한숨을 내쉬었다.

"그 새끼 때문에 얼마나 놀랐던지."

"무슨 일이 있었던 건가요?"

노형진은 피해자가 누군지는 알지만 사건의 자세한 내용은 모르기에 그에게 물었다.

그는 질렸다는 듯 어깨를 으쓱하며 말했다.

"그 미친 새끼가 불을 질렀죠."

"불을요?"

"네."

알코올중독이 있던 이두억은 출소하고 당연히 있는 돈 없는 돈 다 긁어서 다시 술을 마시기 시작했다.

그리고 사건이 일어난 그날, 그 식당에서 술과 안주를 처먹어 놓고 돈 없다고 무조건 외상으로 달아 두라고 지랄했던 것.

평소 다니던 사람도 아니고 본 적도 없는 놈이 갑자기 와서 술 처먹고 외상이라고 고래고래 소리를 지르니 주인은 당연히 무전취식으로 경찰을 불렀다고 한다.

"그랬더니 며칠 후에 그 미친놈이 영업할 때 와서 불을 질렀지 뭡니까?"

술에 잔뜩 취한 채로 가게에 들어오더니 휘발유를 뿌리고는 불을 질렀던 것.

다행히 이 가게는 입구가 두 개라, 다급하게 다른 입구로 손님들을 대피시키고 비치해 뒀던 소화기로 불을 끄기는 했지만 입구에 있던 일부 비품이 불타는 건 막을 수가 없었다.

"그 뭐더라…… 현…… 현……."

"현주 건조물 방화죄요."

"네, 맞아요. 그걸로 감옥 갔죠."

불을 지른 곳이 사람이 있는 곳인 데다 술에 전 채로 휘발유까지 사 왔기에 실형을 피할 수가 없었다.

심지어 휘발유를 사방에 뿌리는 바람에 일부 사람들이 그걸 뒤집어쓰기까지 했다.

만일 입구가 두 개가 아니었다면 그들은 진짜 불에 타 죽었을 수도 있었다.

"그래서 징역 2년이 나왔던 걸로 압니다만."

"그렇군요."

"그래도 그 새끼를 안 봐서 다행이기는 한데."

다행히 출소 후 다른 지역으로 갔다는 말에 주인은 안도의 한숨을 내쉬었다.

"그러면 배상은 받으셨나요?"

"배상요? 당연히 못 받았죠."

"받을 생각도 없으시고요?"

"없겠습니까? 하지만 방법이 없으니까 그렇죠. 돈도 돈이지만, 그 새끼가 거지라고 하니까요."

게다가 손해배상 비용도 그다지 크지 않다.

입구에 있던 카운터가 일부 불타고 유리로 된 통창과 출입문이 열기에 깨진 정도.

술에 취해서 불을 지른 행위가 심각한 위협 행위이기는 하지만 빠른 진화 덕분에 금전적 피해가 적었던 것이다.

"거기다가 괜히 소송을 걸었다가는 또 그 미친놈이 찾아올지도 모르고요."

사실 그게 가장 두려웠다.

변호사 말로는 어차피 개털이라 소송해도 땡전 한 푼 받기 힘든데 그런 미친놈이 또 찾아와서 불이라도 지르면 그때는 손해배상은커녕 사람이 죽을 수도 있기 때문이다.

'역시나 그러네.'

이런 식으로 공포감을 조성해서 자기에게 꼼짝 못 하게 하는 건 범죄자들이 흔하게 쓰는 방법이다.

"그러면 손해배상 비용은 얼마 정도 생각하시는데요?"

"뭐, 이것저것 다 해 봐야 400만 원도 안 되죠."

고작 400만 원 때문에 인생을 걸 생각은 전혀 없었다.

"그러면 그 채권, 저희가 사도 됩니까?"

"네?"

"손해배상 채권도 결국 채권이거든요."

실제로 손해배상 채권도 거래는 가능하다.

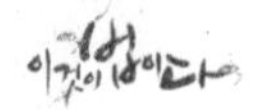

다만 대부분 그걸 받기도 힘들고 대상이 범죄자라는 특성상 위험하기 때문에 거래도 잘 안 하는 편이지만.

"그걸 가져가서 뭐 하시게요?"

"쓸데가 있습니다."

"그런 거라면 뭐……."

식당 주인은 눈을 찡그리며 말했다.

"마음대로 하세세요. 어쨌거나 저는 그 새끼랑 엮이기 싫으니까."

"좋습니다."

노형진은 씩 하고 미소를 지었다.

⚖

"이게 뭔 소리야?"

돈이 들어왔다. 무려 124만 원.

당연히 이두억은 신이 나서 그걸로 술 한잔할 생각에 평소에는 꿈도 꾸지 못하던 중국집에서 난젠완쯔와 배갈을 시켜서 들이켰다.

"뭐야, 이거? 어?"

그런데 그걸 계산하려고 하니 어째서인지 결제가 안 되었다.

"결제 안 됩니다만?"

"아니, 씨팔. 그게 왜 결제가 안 돼?"

"그거야 나야 모르죠."

중국집 주인은 도리어 기가 막혀서 물었다.

"일단 이 카드는 결제가 안 됩니다."

"아니, 씨팔. 그러니까 왜 안 되느냐고!"

"모른다니까요. 현금으로 주세요."

"나 돈 없어."

"뭔 소리예요?"

"돈 없다고, 이 새끼야!"

"아니, 이런 미친놈을 봤나. 돈도 없다는 새끼가 왜 이렇게 뻔뻔해?"

중국집 주인과 이두억은 결국 실랑이를 벌이기 시작했고 참다 못한 주인은 소리를 질렀다.

"김 군아! 경찰 불러, 경찰!"

"이게 압류가 돼?"

노형진은 채권을 인수한 후에 그걸 기반으로 이두억의 통장을 압류했다.

"기초 생활 수급비?"

"응. 그거 압류 대상 아니잖아?"

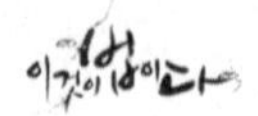

서세영은 혼란스러웠다.

분명 기초 생활 수급비는 압류 대상이 아니라고 배웠다.

정말로 노동을 못 하는 가난한 사람들에게서 그걸 압류한다는 건 그냥 죽으라는 소리나 마찬가지니까.

당연히 정부에서는 압류를 막아 놨는데 갑자기 압류라니?

"뭐, 반은 맞고 반은 틀리고."

"무슨 소리야?"

"일단 통장에 돈이 들어왔을 뿐, 그게 기초 생활 수급비인지는 알 수 없잖아."

"그러니까 사실상 압류가 가능하다는 거야?"

"정확하게는 전용 통장이 있어야 해."

"전용 통장?"

"그래. 학교에서 실무 교육은 하지 않으니까 잘 몰랐던 모양이네. 정확하게는 압류 방지 통장이라고 하는데, 기초 생활 수급비는 그걸로 받아야 압류되지 않아."

압류를 관리하는 은행 입장에서는 예금주가 기초 생활 수급자라는 개인 정보에 접근하는 게 불가능하다. 당연히 압류 요구가 들어오면 그걸 묶어 버릴 수밖에 없다.

실제로 기초 생활 수급자들은 가난하고 돈이 없기 때문에 압류가 들어오는 경우가 많다.

그래서 법적으로 그런 압류 방지용 통장을 만들어서 거기에 지급하는 걸 권한다.

"문제는 '권한다'는 거지. 공무원들이 그 사실을 안내하는 경우가 많지 않기도 하고, 설사 안내를 해도 수급자가 이두억처럼 술에 절어서 제대로 듣지도 못하는 경우도 많고."

법적인 지식이 부족하다 보니 그게 무슨 소리인지 알아듣지 못하고 그냥 기존 통장으로 받는 사람들도 의외로 많다.

"그런 경우는 압류가 가능해."

"그러면 이두억은 돈을 못 받는 거야?"

"일단 못 받지."

못 받는다.

정확하게는, 은행에 가서 압류 방지 통장을 만들고 수급하는 계좌를 바꾸면 받을 수 있다.

"하지만 그사이에 돈은 이 계좌로 쌓이겠지."

물론 쌓이는 돈은 얼마 되지는 않을 거다. 채권을 사기는 했지만 그걸 갚을 정도도 안 될 거다.

"하지만 중요한 건 채권이 있다는 거지."

그리고 그 채권 때문에 이제 이두억은 꼼짝도 못 할 상황에 처할 거라는 걸 노형진은 확신했다.

"이제 본론을 시작하자고."

당연히 이두억은 지랄 발광을 했다. 아니, 하려고 했다.

하지만 이 세상에서 가장 무서운 게 바로 잃어버릴 게 없는 사람이라고 했던가?

"그러니까 그때 제가 분명히 설명해 드렸잖아요."

이귀자는 긴 한숨을 쉬며 말했다.

"언제 했어, 이 샹년아! 언제!"

"제가 분명 그 고시원에서 말씀드렸어요."

기초 생활 수급자로 결정되면 관련 서류를 떼어서 은행에 제출하고 압류 방지 통장을 만들어 계좌를 바꿔야 한다고 그녀는 분명 말했다.

하지 않을 수가 없는 게, 기초 생활 수급자들의 경우는 이런 일이 워낙 비일비재하다 보니 그걸 막기 위해서라도 해야 했다.

"안 했다니까, 이 미친년이? 네가 말을 안 해 준 탓에 이렇게 된 거니까 네가 토해 내. 토해 내라고, 이 씨팔년아!"

하지만 이두억은 여전히 막무가내였다.

그리고 그 모습을 보면서 슬슬 피하는 사람들.

또다시 도망가려고 하는 상관을 보면서 이귀자는 고개를 절레절레 흔들었다.

'내가 진짜 더러워서 때려치우든가 보직을 바꾸든가 해야지.'

무슨 부귀영화를 누리자고 이런 진상을 상대하고 있나 싶었다.

물론 얼마 전까지만 해도 그냥 참았다.
하지만 포기하면 편하다고 했던가?
그냥 승진을 포기하고 여차하면 사표를 던질 생각을 하니 그나마 속이 편해졌다.
"경찰입니다."
그때 행정 복지 센터의 문을 열고 들어오는 사람들.
이귀자는 손을 들어서 그들을 불렀다.
"여기요."
"위협받고 있다고 하셨죠?"
"네, 공무집행방해와 모욕 그리고 위협으로 신고하려고 하는데요."
"너…… 너……."
그 말에 이두억의 얼굴이 사색이 되었다.
설마 경찰을 부를 거라고는 생각하지 못했으니까.
"헉!"
그걸 보고 도망가려고 하던 상관은 눈이 땡그레졌다.
그도 그럴 게 경찰이 나타나면 일이 커지기 때문이다.
"귀자 너, 무슨 짓을 하는 거야!"
"보면 모르세요? 경찰 불렀잖아요."
"아니, 별것도 아닌 걸 가지고 왜 경찰을 부르고 그래?"
화내는 상관에게 이귀자는 기가 차다는 듯 말했다.
"아니, 저를 버리고 가시지만 않았어도 이러지는 않았겠죠."

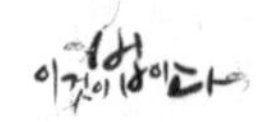

"그거야……."

"자르시게요? 그러면 자르시든가!"

이미 때려치울 생각을 한 이귀자는 그냥 막 나가기로 했다.

"여기 이 사람 좀 끌고 가세요."

"아저씨, 같이 좀 가 주셔야겠어요."

"아니, 나…… 나는……."

그제야 이두억은 바들바들 떨었다.

하지만 그런다고 해서 상황이 바뀌는 건 아니었다.

그는 다급하게 몸을 돌려서 그곳을 벗어나서 도망가려고 했다.

경찰은 당연히 그런 그를 양옆에서 붙잡았다.

"같이 가셔야 한다니까요."

"미…… 미안합니다. 미안해요."

"아니, 사과는 저희가 아니라 피해자에게 하셔야 하고요. 일단 같이 가세요."

이두억은 질질 끌려 나가다시피 하면서 경찰에게 싹싹 빌었다.

"미안합니다. 미안합니다."

하지만 그는 단 한 번도 이귀자를 바라보고 사과하지 않았다.

이귀자는 어깨를 으쓱했다.

"당분간은 조용하겠네요."

이두억은 묵고 있는 고시원으로 돌아와서 툴툴거렸다.

“어쩌지? 이걸 어쩌지?”

다행히 경찰서에서는 그냥 한 소리 듣고 훈방되었다.

“개 같은 년.”

자신을 엿 먹인 공무원 년을 찢어 죽이고 싶었지만 이제는 그럴 수도 없다.

경찰에서도 그가 전과가 많은 걸 확인했기 때문에 까딱 잘못하면 진짜 다시 감옥에 갈 수도 있었다.

“다시는…… 다시는 들어갈 수 없어.”

원래 이두억은 교도소를 두려워하지 않았다.

교도소에서 그는 언제나 갑이었다.

주먹을 휘두르면 어렵지 않게 원하는 걸 뜯어낼 수 있었다.

돈이 없다? 그러면 방에 있는 돈 좀 있는 놈을 협박해서 매점에서 필요한 걸 사면 된다.

그렇게 살았고, 그래서 이두억에게 감옥이란 먹여 주고 재워 주는 그런 공간이었다.

갑갑하기는 하지만 어차피 밖에 나가서도 일할 생각은 없었기에 그는 그곳이 편했다.

하지만 마지막으로 불을 지르고 감옥에 갔을 때 이두억은 세상이 바뀌었다는 걸 알았다.

정확하게는 몸이 옛날 같지 않았다.

어린놈의 새끼가 덤비기에 혼쭐을 내 주려고 했다가 도리어 개처럼 처맞았다.

간수가 없는 공용 목욕탕에서 진짜 개처럼 처맞으면서 그가 할 수 있는 건 아무것도 없었다.

나중에야 그놈이 경찰을 패고 교도소에 온 유도 선수라는 걸 알았지만 상황은 이미 늦어 버렸다.

다른 사람들은 완전히 그쪽 눈치를 보고 있었고, 그놈도 그걸 알고 있었다.

그 뒤로 그놈은 매일같이 이두억을 무시하고 부려 먹었다.

심지어 밥 먹을 땐 혼자 구석에서 맨밥을 꾸역꾸역 처먹어야 하는 경우도 있었다. 식사 도중에 밥 먹는 게 재수 없다고 발로 까 버리기도 했기 때문이다.

마치 과거에 자신이 남들에게 했던 그대로 하는 듯한 모습에 이두억은 자신이 늙었고 더 이상 이제 감옥에서 대접받으며 살 수 없다는 걸 느꼈다.

"그렇게 살 수는 없어."

어찌어찌 형기를 마치고 출소했지만 문제는 먹고살 방법이 없었다는 거다.

다행히 어디서 딸에게 생활비를 받아 낼 수 있는 방법이 있다는 얘기를 들었고, 바로 딸년을 찾아서 소송을 걸었다.

그것도 교도소에서 사역하면서 번 돈을 탈탈 털어 변호사를 사서 건 소송이었는데.

"젠장, 고작 28만 원?"

법원의 판결로 나온 돈은 고작 28만 원.

변호사비로만 550만 원을 썼는데 그 10분의 1도 안 되는 돈이었다.

"장난하는 것도 아니고."

분명 변호사가 150만 원은 받을 수 있다고 해서 그걸 믿고 한 소송이었다. 그런데 고작 28만 원이란다.

"미치겠네."

그 순간 누군가 그가 있는 고시원 문을 두들겼다.

"아저씨."

"누구야?"

"저 총무예요. 이번 달 방세도 안 내실 거예요?"

"……."

"여기 주인아저씨가 이번 달 방세도 안 내시면 방 빼래요."

그 말에 이두억은 순간 욱했다.

그가 누구던가? 교도소에 가기 싫어졌다고 해서 성격이 좋아진 건 아니었다.

"아니, 씨팔. 누가 안 준대? 준다고! 준다니까!"

"주실 거라면 빨리 달라고요. 저도 좋아서 이러는 거 아니에요.”

총무는 짜증스럽게 말하고는 휙 가 버렸다.

뒤에 남은 이두억은 속에서 열불이 터졌다.

“미치겠네, 진짜.”

주고 싶어도 줄 수 있는 돈이 없었다.

일단 돈이 들어 있는 계좌는 압류당했다.

다행히 동사무소에 상황을 설명하고 압류 방지 통장을 받기는 했지만 그렇다고 해서 이미 압류된 돈을 돌려받을 방법은 없기에 결국 다음 달까지 기다려야 한다.

“당장 돈이 없는데.”

그런데 법원의 판결에 따라 딸에게서 받을 수 있는 돈은 고작 28만 원. 한 달 45만 원이나 하는 고시원비를 내는 데에는 턱도 없이 부족하다.

“끄응, 그렇다고 그년 집에 가서 깽판을 부릴 수도 없고.”

그가 법원으로부터 받은 것은 단순히 부양료 판결 결정문만이 아니었다. 접근 금지 명령도 있었다.

노형진이 이두억에게 이채미의 주소가 드러난 것을 알자마자 바로 다시 접근 금지 명령을 신청했기 때문이다.

“미치겠네.”

물론 주소를 아니 찾아갈 수는 있다. 하지만 찾아가면 정말로 다시 감옥에 가게 될 수도 있는 노릇.

“이대로 굶어 죽을 수도 없고.”

이두억은 이를 박박 갈았다.

물론 고시원에서 당장 쫓아내려고 한다고 해도 버티려고 이를 악물고 지랄하면 한 달 정도는 버틸 수 있을 것이다.

"그나마 여기가 제일인데."

고시원이지만 다른 곳과 다르게 밥과 라면 그리고 김치가 무제한으로 나오는 곳이다. 그래서 나가서 일을 하지 않아도 먹고살 수는 있는 그런 곳.

여기서 나가는 순간 정말로 먹고사는 게 막막해지는 상황이었다.

"끄응…… 어디서 돈이 뚝 안 떨어지나."

막 이두억이 그런 고민을 하는 그때, '띠링' 소리와 함께 문자가 날아왔다. 그걸 확인해 본 이두억의 얼굴에 화색이 돌았다.

그건 다름 아닌 이채미가 보낸 입금 내역이었다.

무려 200만 원이나 되는 입금 내역.

"오, 이년이 웬일이래?"

자신을 보지도 않으려고 이를 박박 갈더니 의외로 200만 원을 보내 준 것이다.

"당장 가서 막걸리나 한잔…… 이런 썅년!"

돈만 확인하고 히죽 웃던 이두억은 저도 모르게 욕을 내뱉었다.

그도 그럴 게 방금 돈이 입금된 계좌가 다름 아닌 압류된 계좌였기 때문이다.

"썅년! 개 같은 년!"

이래서는 막걸리는커녕 여전히 당장 방세조차도 낼 수 없는 상황이 아닌가?

"이런…… 개……."

이두억은 분노로 부들부들 떨었지만 그렇다고 해서 할 수 있는 건 없었다.

⚖

"진짜 기분 나쁘네요, 그놈한테 돈을 보내 준다는 게."

이채미는 상당히 기분이 나빴다.

물론 200만 원 정도 되는 돈이 없는 건 아니다. 남편도 이 건에 대해 허락해 줬기에 돈을 보내 주는 것은 불가능하지 않았다.

그렇지만 그런 놈에게 자신이 돈을 줘야 한다는 현실 자체가 기분이 나쁘고 짜증 났다.

"압니다. 하지만 장기적으로 봐야 합니다. 뭐, 장기라고 해 봐야 아주 오래는 아니지만요."

"후우~."

그 말에 이채미는 깊게 심호흡을 했다.

"일단 입금 내역은 확인되었고 법원의 판결도 떨어졌으니까 이제 모든 준비는 끝난 겁니다."

노형진은 미소를 지으며 말했다.

"슬슬 복수를 마무리 짓죠."

이두억은 자신이 편하게 먹고살 수 있을 거라 생각했다.

매달 딸년이 주는 돈과 정부에서 주는 돈을 합하면 300만 원이 넘을 테니까. 아니, 그렇게 믿었다.

하지만 얼마 지나지 않아 그에게 그동안 쌓이고 쌓인 업보가 찾아왔다.

"뭐라고?"

"기초 수급 자격이 박탈되실 거예요."

갑자기 날아온 서류 한 장.

그건 그의 기초 생활 수급 자격이 박탈된다는 한 장의 통지서였다.

당연히 이두억은 다급하게 행정 복지 센터로 달려갔다.

그리고 이귀자는 그런 그에게 차갑게 말했다.

"아니, 왜? 아니, 씨팔. 내가 자격을 얻은 지 얼마나 되었다고!"

"하지만 법이 그런걸요."

전이라면 이귀자는 아마 벌벌 떨었을 거다.

하지만 한번 막 나가기로 결심하고 경찰까지 부른 전적이 있으니 그녀로서는 자칭 빈민이라는 불쌍한 척하는 놈들에게 끌려다닐 이유가 없었다.

더군다나 전과 7범이라면 불쌍한 존재도 아니다, 그냥 병신 같은 인간이지.

“내가 왜!”

“자녀분이 생활비를 준다면서요?”

“그거야…….”

“그게 문제예요. 이미 그쪽에서 서류를 냈어요.”

“서류를 냈다고?”

“네.”

기초 생활 수급 대상자는 원한다고 되는 게 아니다.

가장 먼저 노동력이 없거나 노동을 할 수 없는 환경이어야 하고, 또 그를 보호할 사람이 없어야 한다.

얼마 전까지만 해도 보호할 수 있는 사람, 즉 자녀 등이 있는 경우 여건과 상관없이 무조건 대상이 되지 못했지만 지금은 법이 좀 바뀌어서 자녀에게 보호의 의사가 없음이 확실하다면 기초 수급 생활 대상자로 넣어 준다.

실제로 그러기 위해서는 여러 가지를 증명해야 하는데, 그 중 하나가 자식과 아주 오랜 시간 연락하지 않거나 금전 거래 등이 없어야 한다는 점이다.

“그런데 금전 거래 내역이 확인되었고 그 후에 입금도 하셨더라고요.”

“아니, 그거야…… 그런데…….”

“거기다가 법원을 통해 부양료를 받기로 하셨다면서요?”

이귀자는 무심하게 이두억의 얼굴을 바라보면서 말했다.

“그런 경우는 기초 생활 수급자에서 자동으로 빠질 수밖에 없어요.”

“하지만 고작 200만 원이라고!”

“고작이 아니죠. 그런 큰돈을 줄 정도라면 보호의 의사가 있다고 볼 수밖에 없어요.”

그리고 정부는 자식에게 보호받는 사람까지 보호할 만큼 복지 비용이 넘쳐 나는 상황이 아니다.

그렇기에 이런 경우는 100% 기초 생활 수급자에게서 빠지게 된다.

“하지만 그러면 난 어쩌라고?”

“네?”

“아니, 그러면 나는 어쩌냐고? 난 뭐로 먹고살라고?”

“저야 방법이 없죠.”

분명 돈이 있다. 지금 눈앞에 돈이 있는 상황이다.

문제는 돈이 들어올 통장은 압류되어 있다는 거고, 돈이 들어와야 하는 통장에는 더는 돈이 들어오지 않을 거라는 거다.

자식이 자신을 챙기기 시작하니까.

“이, 이, 이…….”

아무리 눈치를 보고 산다고 해도 그 인성이 어디 가는 건 아니었다.

"여기 사장 누구야! 사장 나오라고 해!"

한 번도 아니고 벌써 세 번째 당하는 일. 이귀자는 피식 웃으면서 바로 경찰을 불렀다.

"그리고 사장이 아니라 동장이죠."

이제는 아주 뻔뻔하게 대답하는 이귀자의 말에 이두억은 눈이 돌아갔다.

"으아아아!"

⚖

처음에 노형진이 200만 원을 보내라고 했을 때만 해도 이채미는 기가 막혀 말도 안 나올 지경이었다.

매달 28만 원을 보내라는 법원의 명령도 짜증 나 죽겠는데 200만 원을 보내라는 건 실로 터무니없는 말처럼 들렸다.

그러나 그걸 보낸 후에 날아온 질의서는 그녀의 생각이 흔들리게 만들기 충분했다.

"이게 뭐죠?"

"말 그대로 부양할 의사가 있는지 물어보기 위한 겁니다."

"이해가 안 가는데요. 이제 와서 왜 이런 게?"

"아버지께서 가만히 있지는 않을 테니까요."

"아버지는 무슨. 짐승만도 못한 새끼를."

아버지라는 말에 코웃음을 치는 이채미.

"그 기분은 이해합니다만, 일단 중요한 건 이두억 씨가 기초 생활 수급자라는 거죠."

한두 푼도 아니고 200만 원이나 보냈으니 나라에서는 부양 의사를 의심할 수밖에 없었고, 사실 확인을 위해 이채미에게 연락할 수밖에 없다.

"그 전에는 물어보지 않았잖아요?"

"그때는 뭐, 너무 확실했으니까요."

무려 20년간 단 한 번도 연락도 하지 않았고 애초에 주민등록번호와 이름조차도 바꿨으니 의심할 수 없을 정도로 확실하게 연을 끊은 거다.

"하지만 돈을 보냈다는 게 문제죠."

확실하게 돈을 보냈고 그 돈이 무려 200만 원이다.

"다만 그 돈을 쓰지 못하는 이두억 씨는 거의 미칠 지경일 겁니다."

"계좌가 압류되었으니까요?"

"네."

손해배상금 400만 원. 그리고 현재 그의 계좌에 들어 있는 돈은 처음 받은 기초 생활 자금 120만 원과 이채미가 보낸 200만 원 해서 총 320만 원.

"이 금액이 참 애매한 거거든요."

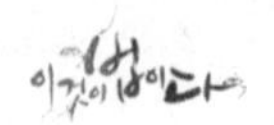

딱 80만 원만 더 있으면 손해배상금을 낼 수 있다. 그런데 이제 그 돈을 받을 방법이 없다.

기초 생활 자금을 당분간 받을 수 없기 때문이다.

최소한 이채미의 부양 문제가 해결될 때까지는 받을 수 없다.

"하지만 그래도 돈을 꺼내서 갚을 수 있지 않아요?"

노형진은 이채미의 말에 고개를 좌우로 흔들었다.

"이게 참 웃긴 문제인데요. 계좌에 돈이 있는 것과 채무를 갚는 건 다른 문제거든요."

"네?"

"가압류와 채무를 갚는 건 전혀 다른 문제니까요."

노형진은 손해배상 채권을 구입해서 이두억의 계좌를 가압류했다. 그런데 그곳에는 돈이 있다.

"하지만 그걸 압류하는 건 법원의 결정이 있어야 합니다."

법원의 결정을 받아서 해당 계좌를 열고 돈을 꺼낼 수 있다.

"즉, 제가 압류를 신청하지 않으면 그 계좌는 천년만년 계속 묶여 있는 형태가 된다는 거죠."

"그게 중요한가요?"

"중요하죠."

가압류가 걸려 있는 이상 그 계좌는 쓸 수가 없다. 꺼낼 권한이 없으니까.

"이채미 씨가 계속 돈을 거기로 보내면 돈은 쌓이는데 정작 쓸 수는 없는 그림의 떡이 되는 거죠."

"아!"

그걸 보면서 과연 이두억이 무슨 기분일까? 아마 미치고 팔짝 뛸 기분일 것이다.

"하지만 200만 원이나 보냈는데……."

"물론 200만 원을 보냈죠. 하지만 그게 다음 달에도 똑같은 금액을 보내야 한다는 의미는 아닙니다."

"네? 무슨 말씀이시죠?"

"법원의 결정에 따라 이채미 씨는 이두억 씨에게 매달 28만 원을 송금해야 합니다. 그런데 말입니다, 그걸 어떻게 줘야 하는지에 대해서는 법원의 결정이 없었습니다."

매달 28만씩 보내든 여러 달 치를 묶어서 한꺼번에 보내든, 그에 대해서는 법원에서 결정한 사항이 없었다.

보통 법원은 당연히 매달 보낼 거라 생각하지, 한꺼번에 묶어서 보낼 거라고는 생각하지는 않지만.

"200만 원이면 대략 7개월 치? 그 정도 되는 돈이지요. 그 말은, 이번에 200만 원을 보냈으니 앞으로 7개월간은 한 푼도 보내지 않아도 뭐라고 할 수가 없다는 거죠."

"아, 그런 거야?"

"그래."

옆에서 듣고 있던 서세영은 노형진의 말에 깜짝 놀랐다.

"아니, 그러면 조금씩 보내도 되는 거 아니야?"

"물론 그렇지. 하지만 그렇게 했다면 부양 의사에 대한 판단을 하기가 애매하지 않겠어?"

"어?"

"애초에 이번 계획의 목적은 바로 이두억을 기초 생활 수급자에서 탈락시키는 거야."

만일 처음에 28만 원만 보냈다면 어떻게 됐을까?

아마 공무원 입장에서는 이게 부양하려는 건지 아닌지 알 수 없었을 거다.

더군다나 법원의 명령에 따라 보내는 거라면 더더욱 이걸 기초 생활 수급자에서 떨어트려야 하나 말아야 하나 고민할 거다.

사실 28만 원으로 삶을 이어 간다는 것은 불가능하니까.

"그래서 처음부터 200만 원을 보내라고 한 거야?"

"그래. 그쪽에다가 적극적으로 착각을 유도한 거지."

아마 행정 복지 센터도, 당사자인 이두억도 매달 200만 원씩 줄 거라고 생각하고 있을 가능성이 크다.

전화라도 해서 물어보면 좋겠지만 이두억에게는 이미 접근 금지 명령이 떨어져서 차단당한 상태로 연락도 못 하니까.

그리고 공무원의 행정은 대부분 문서로 기록을 남겨야 하기 때문에 행정 복지 센터는 이런 우편을 통해 의견을 확인할 수밖에 없다.

정작 돈은 한 푼도 쓰지 못하는데 기초 생활 수급자에서 탈락할 위험이 생긴 이두억.

"재미있는 건 뭔지 알아?"

"뭔데?"

"매달 28만 원씩 준다는 것도 결국은 부양 의사가 있다는 거거든."

설사 법원의 결정에 따라 줘야 하는 돈이라고 할지라도 말이다.

"그건 말장난 같은데?"

"그걸 노리는 거야."

처음부터 28만 원을 주면서 부양 의사가 있다고 해도 기초 생활 수급자에서 빼는 건 쉽지 않다. 그 돈으로 생활을 하고 있으니까.

하지만 이미 빠진 상황에서 28만 원을 주면서 부양 의사를 물어보면 또 아예 돈을 주는 것도 아닌 만큼 다시 기초 생활 수급자로 넣는 것도 쉽지 않다.

"그러면 제가 이에 대한 답변으로 '부양 의사 있음'이라고 써 보내야 하는 건가요?"

"맞습니다."

그녀가 부양 의사가 있다고 답변서를 보내면 정부에서는 그걸 기준으로 판단할 거다.

"눈앞에서 매달 120만 원을 잃게 된 이두억이 어떻게 생각

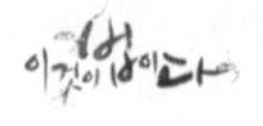

할지는 뻔하죠. 사람은 쉽게 바뀌지 않거든요, 후후후."

노형진은 자신 있게 웃었다.

⚖

이두억 입장에서는 미치고 팔짝 뛸 일이었다.

몰랐다면 모를까, 눈앞에서 돈이 날아가고 있다.

매달 120만 원.

절대로 적은 돈이 아니고, 고시원에서 밥과 라면 그리고 김치를 주는 걸 생각하면 그냥 대충 살아도 되는 돈이다.

그런데 그걸 날리게 생긴 이두억 입장에서는 어떻게든 그 문제를 해결해야 하는 상황.

당연히 가장 먼저 한 것은 자신에게 압류를 건 곳, 즉 새론을 찾아가는 것이었다.

"당장 이거 안 풀어? 어? 이거 안 푸냐고!"

그리고 처음부터 좋게 말하지 않았다.

'뭐, 당연한 거지.'

이두억의 삶을 돌이켜 보면 그는 언제나 똑같았다.

폭력과 힘으로 상대방을 억압하고 원하는 걸 강제로 뜯어내 왔다.

최근에는 나이도 먹고 더 이상 그런 짓을 하지 못하게 된 상황이라지만 그렇다고 해서 그런 버릇이 사라진 건 아니다.

'세 살 버릇 여든 간다는 말이 괜히 생긴 말이 아니니까.'

예상에서 한 치도 벗어나지 못하는 이두억의 모습에 노형진은 피식 웃었다.

"이거 풀라고!"

"이건 저희 소관이 아니에요. 이건 변호사님이 따로 실행하신 거예요."

접수처의 직원은 조용히 설명했지만 이두억은 얌전히 들어 처먹을 인간이 아니었다.

"아, 씨팔. 그러면 그 새끼더러 나오라고 해!"

물론 그 새끼, 즉 노형진은 이미 나와서 구경하고 있었다.

"어떻게 보여?"

"역시 답이 안 보이는 사람이기는 하네."

"그렇지?"

"그런데 뭘 믿고 저러는 거야?"

"우리가 정상인이라고 생각하거든."

"뭐?"

노형진의 말에 서세영은 고개를 갸웃했다. 우리가 정상인이라니?

물론 그들은 지극히 정상이기는 하다. 하지만 그거랑 이번 사건이 무슨 관계가 있단 말인가?

"음…… 다 오빠처럼 천재가 아니니까, 좀 쉽게 설명해 줘야 알아들을 것 같은데."

"간단하게 설명하면, 이거야. 저자가 그동안 힘으로 상대방을 제압해서 이득을 취할 때, 상대방은 지극히 정상적인 판단을 할 수 있는 사람이기 때문에 저항에 한계가 있다는 걸 안다는 거지."

"그걸 알고 계산하면서 일을 저지른다는 거야?"

"응? 그건 아니야. 뭐랄까, 본능 수준에서 캐치한달까?"

노형진은 머리를 긁적거리면서 말했다.

"제비 놈들은 외로운 여자를 본능 수준에서 알아본다고 하잖아? 의외로 감각이 그쪽으로 발달한 놈들이 제법 많아. 예를 들면…… 어, 음…… 분노 조절 잘해?"

"아, 뭔 소리인지 알겠네. 제발 그렇게 쉽게 표현해 달라고."

'분노 조절 잘해'란 인터넷에서 소위 분노 조절 장애가 있다고 주장하는 사람들을 놀리기 위해 만들어진 말이다.

분노 조절 장애가 있어서 화가 나 이성이 끊기면 스스로 통제가 안 된다고 말하는 사람들이 있다.

하지만 현실적으로 그 내용을 보면 대부분 거짓말이다.

일단 분노 조절 장애라는 정신병은 없다. 정확한 진단명은 간헐적 폭발 장애다.

즉, 자신이 분노 조절 장애라고 하고 다니는 것 자체가 애초에 진단을 받은 적도 없다는 의미다.

그리고 간헐적 폭발 장애를 가진 사람의 98%는 심한 우울

증을 가지고 있다.

그런데 자칭 분노 조절 장애를 가지고 있는 놈들의 특징은 그다지 우울해하지 않는다는 거다.

개지랄을 떨고 남을 때리고 괴롭혀서 자기는 행복하게 살고 있는데 우울할 일이 뭐가 있겠는가?

그리고 가장 다른 점은, 간헐적 폭발 장애가 있는 경우 일단 발작하는 순간 블랙아웃이 되면서 자기 보호 본능까지 사라진다는 거다.

발작하면 그 순간부터 자기 보호는 완전히 포기하고 오로지 상대방에게 위해를 가하는 행동을 하는데, 당연히 그 최종적인 목표 지점은 살인이다.

원해서 하는 게 아니라 진짜로 컨트롤이 안 되기 때문이다.

그 과정에서 공격을 받아 팔다리가 부러지거나 총에 맞아 내장이 튀어도 그는 공격이라는 행동만을 한다.

소설에서 종종 등장하는 광전사라는 존재가 바로 그런 간헐적 폭발 장애 환자인 거다.

하지만 분노 조절 장애 환자라고 주장하는 놈들은 그러지 않는다.

남을 공격하면서도 아슬아슬하게 자기 보호선을 넘지 않는다.

온갖 욕을 하면서 위협하거나 주먹으로 때리는 경우는 있

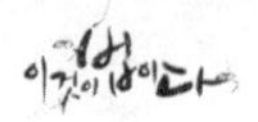

지만 정작 형사적 처벌을 받거나 반격당할 위험이 있을 때는 그런 행동을 하지 않는다.

그래서. 생긴, 분노 조절 장애가 있다는 핑계를 대면서 인생 편하게 살려고 하는 놈들을 비꼬는 표현이 바로 '분노 조절 잘해'다.

자기가 불리한 것 같으면 바로 꼬리 말고 입을 다물어 버리니까.

"이두억이 딱 그런 스타일이야. 이미 확인해 봤어."

교도소에 있던 시기에 그는 자신보다 강한 죄수가 들어오자 저항도, 찍소리도 못 하고 살았다고 한다.

"여기는 사회고, 대부분은 정상적인 사람이지. 그러니까 자신이 선을 넘어도 반격하지 못할 거라고 확신하고 저러는 거야."

"흠."

"그러면 저런 놈들은 어떻게 해야 할까?"

"경찰을 부른다?"

"땡. 틀렸어."

"엥? 왜?"

"그 정도는 생각하고 저 지랄을 하는 거거든."

여기서 경찰을 부르면 과연 어떻게 될까?

당연히 경찰은 와서 중재해 준다. 이 정도 상황은 업무방해의 영역에 들어가지 않으니까.

업무방해란 말 그대로 상대방이 일을 못 하게 방해하는 거다.

그런데 이두억은 소송의 당사자이기도 하고, 누군가를 때리거나 물건을 박살 내지도 않았다. 그냥 접수처의 직원에게 폭언을 내뱉으면서 항의하는 것뿐이라, 소송이라는 극단적인 상황의 특성상 업무방해로 인정되지 않을 가능성이 크다.

"그러니까 저쪽은 아슬아슬하게 선을 넘지 않고 있다는 거지."

"그러면 어떻게 해?"

"어떻게 하긴. 우리도 선만 넘지 않으면 되는 거지."

노형진은 어깨를 으쓱하면서 핸드폰을 들었다.

그리고 잠시 후 건장한 사내들이 우르르 위로 올라왔다. 다른 곳에는 없는 새론 경호 팀의 등장이었다.

아마도 이두억은 그걸 몰랐기에 와 봤자 고작 경찰일 거라 생각해서 난리를 피웠겠지만 말이다.

"야."

"야? 야? 어떤 새끼가……."

화를 내면서 몸을 돌리던 이두억의 말투가 흐릿해졌다.

그도 그럴 게 그를 에워싸고 있는 네 명의 건장한 남자들, 족히 머리 하나는 큰 그들은 방검복을 입고 손에는 쇠로 된 3단봉을 들고 있었으니까.

"이 새끼 뭐냐?"

경호 팀의 리더 정우찬은 손을 들어서 이두억의 뺨을 톡톡

쳤다.

명백한 모욕이 목적.

하지만 법적으로 문제가 될 행동은 아니다. 폭행도, 명시적인 위협도 아니다.

"몰라요. 갑자기 와서 이 지랄이에요."

접수처 직원이 짜증스럽게 말하자 정우찬은 피식하고 웃었다.

물론 그가 진짜 웃겨서 웃은 건 아니다. 가소로우니까 웃은 거다.

"붙잡아."

"네, 형님."

"뭐…… 뭐 하는 거야?"

"대화하자며? 대화 좀 해 보자고."

"잠깐만."

건장한 사내들에게 붙잡혀서 어디론가 질질 끌려가는 이두억.

노형진은 그런 모습을 보고는 고갯짓으로 신호를 보냈다.

"갈까?"

이두억은 컴컴하고 어두운 공간에 있었다.

까마득한 어둠 속에서 하얀 백열등만이 빛을 발하고 있는 공간.

창문도 없는 것이, 영화에 나오는 남산 취조실처럼 생겼지만, 사실 여기는 엄연한 접견실이다.

정확하게는 등을 전부 다 켜면 화사한 방 안의 풍경이 드러나지만 가운데에 설치된 백열등만 켜면 취조실 분위기가 된다.

가운데의 백열등은 평소에는 일종의 디자인같이 보이지만 불을 끄면 분위기가 완전히 달라지는 것이다.

"그래서, 할 이야기가 뭔데?"

"나 압류한 거 풀어 달라고……."

쾅!

정우찬은 3단 봉으로 탁자를 강하게 내리쳤다.

"우리가 언제 봤다고 반말이야, 반말이. 너 나 알아?"

"아니……요."

"그런데 왜 반말이야? 썅놈의 새키가."

"……."

"그리고 뭐? 압류를 풀어 줘? 그건 네가 돈을 갚아야 하는 거지! 그냥 풀어 주는 경우가 어디 있어?"

"그게…… 일단 풀어 주시면……."

"아니, 헛소리하지 말고. 법적으로 그럴 수도 없고, 애초에 이건 새론에서 묶은 게 아니라 노 변호사가 개인적으로 묶은 거라 우리가 손 못 대."

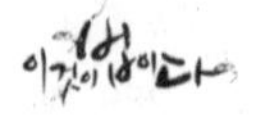

이미 접수처에서 설명해 줬지만 들은 척도 안 하던 이두억은 아무 말도 하지 못하고 눈만 데굴데굴 굴렸다.

"알아들었어?"

"……."

"알아들었냐고! 이 새끼야!"

'쾅!' 소리 나게 다시 한번 탁자를 치고 나서야 고개를 격하게 끄덕거리는 이두억.

"자, 그러면 다음 문제를 해결하자."

"다…… 다음 문제요?"

"그래. 회사에 와서 업무방해를 했으니까 배상해야 할 거 아냐!"

"배……상이라니요?"

"아니, 입구에서 그 깽판을 쳐 놓고 그냥 가려고 했어?"

그 순간 문 옆에 있던 남자가 스윽 출입구를 막았다.

그리고 다른 남자가 와서 이두억이 도망가지 못하게 그를 꾸욱 눌렀다.

"편하게 가자. 알았지?"

턱 하고 서류를 내미는 정우찬.

"합의, 여기서 끝내자. 귀찮게 법원까지 가지 말고. 무슨 말인지 알지?"

그 말에 이두억은 울 것 같은 얼굴이 되었다.

"고작 50만 원으로 충분하십니까?"

정우찬은 노형진에게 물었다.

위협했고, 그래서 합의서를 받아 냈다.

물론 노형진이 터무니없는 돈을 요구한 건 아니었다.

고작 50만 원. 어떻게 보면 터무니없이 적은 돈이었다.

"뭐, 충분합니다. 사람마다 그 돈에 대한 값어치는 다르니까요."

정상적인 직장 생활을 하는 사람에게 50만 원은 아주 큰 돈은 아니지만 지금 당장 방세도 내지 못하는 이두억에게는 어마어마한 돈이다.

"그런데 가서 경찰에 신고하면 어쩌려고?"

서세영은 걱정스럽게 물었다.

전과자라고 해서 경찰에 신고하지 말라는 법은 없으니까.

"증거 있어?"

"응?"

"증거 있느냐고, 우리가 50만 원을 갈취했다는."

"어…… 그러니까, 없지?"

"경찰에 신고한다고 해도 그걸 믿겠어?"

믿을 수가 없다.

다른 곳도 아닌 새론에서 고작 50만 원 받겠다고 사람을 감금하고 협박했다? 그걸 누가 믿을까?

"하지만 합의서가 있잖아."

"합의서?"

"그래, 그 합의서."

"물론 합의서가 있기는 하지. 하지만 그게 우리 거라는 증거는 없지. 안 그렇습니까?"

그 말에 정우찬은 고개를 끄덕거렸다.

"맞습니다. 애초에 도장도 찍지 않은 합의서니까요."

물론 합의서는 사인을 통해 효과를 발휘하기도 한다. 하지만 그 사인이라는 것도 결국 자격이 있는 사람이 해야 한다.

정우찬은 그럴 자격도 없거니와, 애초에 거기에 한 사인도 정우찬의 사인이 아니다. 정우찬이 쓰는 사인과는 완전히 다른, 사실상 사인이라고 할 수도 없이 대충 그은 선에 지나지 않았다.

"그런 걸 가지고 가서 신고해 봐야 경찰은 믿어 주지도 않고 또 도와주지도 않아."

"그러면 왜 한 거야?"

"코너에 모는 거지. 그런 꼴을 당하고서도 과연 여기에 다시 찾아오겠어?"

오지 않을 거다. 압류를 풀기는커녕 도리어 돈을 토해 내게 생겼으니까.

"결국 매달릴 수 있는 건 이제 한 명뿐인 거지."

⚖

이채미는 노형진의 경고를 들었다.

하지만 그럼에도 불구하고 심정이 벌렁거리고 머리로 열기가 올라오는 느낌이었다.

"접근 금지 명령 떨어진 거 몰라요? 여기가 어디라고 와요!"

이채미의 집에 들이닥친 이두억. 그리고 그런 이채미를 보호하는 그녀의 남편.

"이 새끼야, 내가 내 딸년 좀 보겠다는데 뭐가 문제야? 사위라는 새끼가!"

"지랄하지 마. 나한테 장인이란 사람은 없어."

이미 아내가 어릴 적에 어떤 삶을 살았는지 얼마나 고생했는지 다 들은 남편의 눈에는, 눈앞에 있는 스스로 장인이라고 주장하는 인간이 사람으로 보이지 않았다.

"꺼져. 다시는 오지 말고!"

"딸년 나오라고 해! 이소원! 안 튀어나와!"

과거의 이름을 부르면서 길길이 날뛰는 이두억.

하지만 그런 이두억의 앞에 등장한 것은 이채미가 아니라 경찰이었다.

"경찰입니다. 누군가 접근 금지 명령 위반을 하셨다고 하던데요."

"이 인간입니다. 분명 접근 금지 명령을 받았는데 찾아와서 이 지랄이네요."

"아저씨, 잠깐 나 좀 봅시다."

이두억은 경찰이 다가오자 찔끔했다.

사람들이 접근 금지 명령을 무시하는데, 의외로 접근 금지 명령은 처벌이 강하다.

2년 이하 징역, 2천만 원 이하 벌금이라는 제법 강한 처벌이다.

물론 진짜로 그렇게 나오는 경우는 없고 벌금이 나오는 게 일반적이다.

하지만 현재 상황에서 이두억은 벌금이 더더욱 부담스러울 수밖에 없는 상황이다. 돈을 낼 방법이 없으니까.

벌금을 내지 못하면 이두억은 구류되어야 하는데, 일반적으로 구류로 이런 사건은 하루 10만 원 이상은 인정하지 않는다.

만일 벌금이 천만 원이라면 최소한 100일은 구류되어야 한다는 소리다.

당연히 그걸 알고 있던 이두억은 경찰이 다가오자 기겁했다.

"꺼져. 안 꺼져? 내가 내 딸년 만나는 게 무슨 죄냐고!"

"이 사람이 진짜."

경찰 입장에서는 다른 가정 사건과 다르게 접근 금지 명령은 좀 강하게 손써야 하는 사건이다.

그럴 수밖에 없는 게 접근 금지 명령은 대부분 스토킹 또는 신체적, 물리적 가해자를 상대로 내려지기 때문이다.

다른 가족 간 사건은 방치해도 가족 간 문제라 손대지 못했다는 식으로 둘러대면 그만이지만, 이런 접근 금지 명령의 경우는 접근하는 것을 방치했다가 살인 사건이라도 터지면 진짜 언론에서 뒤집어진다.

실제로 접근 금지 명령을 어긴 범인으로 인해 살인 사건이 종종 일어나는 만큼, 접근 금지 명령의 대상은 경찰에게는 예비 살인마처럼 보일 수밖에 없었다.

"빨리 끌어내세요."

경찰은 눈을 찡그리며 다가와서 이두억을 질질 끌어내기 시작했다.

"놔! 놔라, 이놈들아! 내가 내 딸년을 만나겠다는데 뭐가 문제야!"

이두억은 억울하다고 소리를 빽빽 질렀지만 경찰에게는 그런 그의 저항이 들리지 않았다.

"빨리 끌고 가!"

"놓으라고, 이 씨발 새끼들아!"

이두억을 악을 쓰면서도 질질 끌려갈 수밖에 없었다.

⚖

이두억은 자신에게 날아온 벌금 고지서를 보면서 머리를

부여잡았다.

벌금 1,200만 원.

전 재산을 다 털어도 안 되는 돈이다. 어쩔 수 없이 구류로 때워야 한다.

더군다나 그것만 온 것도 아니었다.

이채미가 보낸 접근 금지 소장.

명령과 다르게, 재판이 끝나고 나면 영구적으로 접근하지 못하는 결정.

심지어 접근하거나 연락하는 경우 회당 100만 원의 이행 강제금까지 붙어 있다.

그 상황에서 이두억이 할 수 있는 건 없었다.

"이럴 수는 없어……. 이럴 수는……."

상황이 나아질 거라 생각했다.

하지만 그에게 남은 건 어마어마한 벌금과, 많지는 않지만 동시에 부담이 되는 빚 그리고 잠겨 있는 계좌뿐이었다.

"망했다…… 망했어……."

교도소에서 나와서 딸에게 돈을 받으며 편하게 살 수 있을 거라 생각했다.

그리고 기초 생활 수급자가 되었다는 소리에 그 돈이면 노후를 안락하게 보낼 수 있을 거라 믿었다.

하지만 현실은 시궁창이라고 했던가?

딸에게 받은 돈은 터무니없이 부족했고, 정부의 기초 생활 수급자에서는 탈락했다.

계좌는 벌금으로 묶였고 다시 구치소로 들어가게 생겼다.

구치소에 들어가서 노역으로 벌금을 낸 후에 나온다고 한들 뭐가 바뀌겠는가?

계좌가 풀린 것도, 정부에서 돈을 줄 것도 아니다. 이제 굽어 버린 등과 작살나 버린 관절을 가지고 일할 수도, 먹고 살 수도 없었다.

이두억은 절망했다. 그리고 그 절망의 끝에 마지막 희망, 아니 마지막 선택이 다가왔다.

"소원아……."

"이소원이라는 사람은 없어요. 난 이채미예요, 이소원이 아니라."

차갑다 못해 딱딱하기까지 한 그녀의 말.

물론 전 같았다면 화를 내면서 몰아붙였을지도 모른다.

하지만 그 뒤에 있는 노형진과 경호원들을 보면서 이두억은 꼬리를 말았다.

"여기는 그런데 왜……."

혼자라면 지랄 발광했을 테지만 뒤에 있는 남자들을 보면서 그는 최대한 성질을 죽여야 했다.

"간단해요. 내 인생에서 사라지세요."

그 말에 이두억의 얼굴이 찡그러졌다.

자신의 딸이다. 비록 학대하고 좀 뜯어먹기는 했지만, 그래도 친딸이다.

그런데 자신의 인생에서 사라지라니.

"이런 미친년이 감히 아비한테 못 하는 말이 없어."

이두억이 성질대로 불끈하는 순간 노형진이 이채미를 뒤로 당기며 그 앞을 가로막았다.

"당신 아직도 정신 못 차렸나 본데, 지금 당신 인생은 이채미 씨에게 달렸어."

"뭐라고?"

"이채미 씨가 부양한다고 계속 말하면? 그 후에는 어쩔 건데? 정부 지원금을 받을 수 있을 것 같아?"

그 말에 이두억의 얼굴이 노래졌다.

실제로 고작 28만 원짜리 부양금보다는 매달 120만 원씩 나오는 기초 생활 수급비가 더 도움이 되기 때문이다.

"거기다 노령 연금까지 합하면 그럭저럭 먹고살 수는 있겠지. 그런데 우리가 돈을 주지 않으면? 당신이 어쩔 건데?"

"그건……."

"벌금 나온 거 보니까 한 10개월쯤 있어야 수급이 될 것 같은데, 그때까지 뭐 하면서 살 건데?"

"뭐?"

"계좌는 묶여 있을 테고 정부에서도 지원금은 안 나오겠지. 그리고 당신한테 줄 돈?"

노형진은 피식 웃으며 말했다.

"이미 일곱 달 치 선금으로 줬잖아?"

"언제?"

"200만 원. 그거 선금이야."

그 말에 이두억은 얼굴이 사색이 되었다.

그 말은 진짜 땡전 한 푼 안 남아 있다는 소리니까.

"이 고시원도 조만간 빠질 테고, 갈 곳도 없을 텐데?"

"그, 그런……."

그랬다.

이대로 이채미가 부양한다고 하면서 매달 28만 원씩 준다면 이두억은 굶어 죽는 수밖에 없다.

아무리 이두억이 압류 방지 통장으로 넣으라고 한다고 해도 이채미가 그래 줄 이유가 없으니까.

"재판? 압류? 걸어 봐. 배보다 배꼽이지."

소송을 걸기 위해서는 변호사를 사야 한다.

하지만 변호사 비용이 보통 550만 원이다. 물론 1인 소송이 가능할지도 모르지만, 그렇다고 해도 인지료와 송달료 등 수십만 원이 필요하다.

매달 28만 원 받겠다고 소송 걸어 봤자, 그거 내고 나면 남는 것도 없다.

물론 돈이 쌓이면 이득이 되겠지만 그때까지 굶을 수는 없다.

"굶어 죽고 싶다면야."

그 말에 이두억은 자리에 주저앉았다.

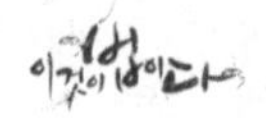

실제로 그런 식이면 일을 못 하는 자신에게 가능한 선택지는 둘 중 하나다. 굶어 죽든가, 아니면 도둑질하고 다시 감옥에 들어가든가.

"물론 방법이 없는 건 아니지."

"바…… 방법이 있다고?"

"이채미 씨 인생에서 사라져. 다시는 나타나지 말고, 부양료도 청구하지 마. 그러면 우리도 부양 거부 의사를 제출할 테니까."

"그러면……."

"최소한 정부 지원금은 나오겠지."

노형진은 당황하는 이두억에게 말했다.

"정부 지원금을 받을 수 있게 된 상태에서 구치소에 간다면 그사이에도 정부 지원금은 계속 나올 거야. 10개월에서 1년 정도 수감되었다가 나오면 아마 돈 천은 넘을 테니 방 정도는 구할 수 있겠지."

노형진은 그렇게 말하면서 어깨를 으쓱했다.

"굶어 죽든가 아니면 사라지든가. 그건 당신 선택이야."

그 말에 이두억은 고개를 푹 숙였다.

⚖

결과적으로 이두억에게 선택지는 없었다.

그는 이채미와 다시는 보지 않겠다는 각서를 쓰고 공증까지 받았다.

거기에는 법원에서 결정된 부양료를 포기하겠다는 내용도 포함되어 있었다.

어쩔 수 없었다.

매달 120만 원이냐, 매달 28만 원이냐는 생각할 이유도 없는 데다가, 애초에 쓸 수 없는 계좌로만 돈을 넣어 줄 생각이었으니까.

그 돈을 꺼내는 건 이두억의 책임이지 이채미의 책임이 아니다.

물론 법적으로 모든 돈이 압류되는 것은 아니다. 법에서 정한 금액은 생존을 위해 압류해도 쓸 수는 있다.

하지만 그건 쉬운 일이 아니다.

일단 그걸 하기 위해서는 여러 가지 법적인 과정을 거쳐야 하는데, 법에 대해 잘 모르는 이두억은 그것도 돈이고, 그렇게 해서도 고작 28만 원으로는 살 수가 없다.

그는 그렇게 기초 생활 수급자 신청을 하면서 재판에 들어갔다.

아마 기초 생활 수급자로 결정될 정도면 구류 결정이 나서 구치소로 들어가게 될 것이다.

"감사합니다. 진짜로 제 인생에서 그 사람을 지울 수 있겠네요."

이제 이채미는 훨씬 편해진 얼굴이 되었다.

하긴, 자신을 학대한 부모 같지도 않은 인간의 노후를 챙겨 줘야 한다는 것 자체가 짜증이 났을 테니까.

"이제 각자 자기 삶을 살아가시면 됩니다."

"다시는 안 봤으면 좋겠네요."

"뭐, 죽을 때쯤 되면 연락할지도 모르겠네요."

노형진의 말에 이채미는 쓰게 웃었다.

"모르죠, 그때는 미움이 좀 덜할지. 하지만 지금은……."

"부담 가지지 마세요. 순리대로 흘러갈 테니까."

"다시 한번 감사드려요."

이채미는 그렇게 인사하고 떠났다.

그 모습을 보며 서세영은 혀를 내둘렀다.

"이걸 이렇게 이기네."

부양료 청구는 절대적 권리다. 그래서 어떤 변호사도 이길 수 있다고 말하지 못했다.

금액을 줄일 수는 있지만 아예 안 줄 수는 없는 그런 권리.

그런데 노형진은 결국 뒤집었다.

"결국 통찰이지."

그 이면을 보면 방법은 있다. 다만 그걸 보지 못할 뿐.

"세상에 절대적인 건 없는 거야."

"그런 것 같네."

서세영은 인정할 수밖에 없었다.

세상에 절대적인 건 없고, 그걸 보는 건 결국 변호사의 능력이라는 걸.

"많이 배워야겠네, 아직도."

노형진은 서세영의 그 말에 씩 하고 미소를 지으며 그녀를 바라볼 뿐이었다.

다음 권으로 이어집니다

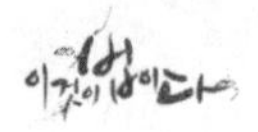

망한 가문의 검술 천재가 되었다

소구장 퓨전 판타지 장편소설

**역사에서도 잊힌 비운의 검술 천재
최강의 꼰대력으로 무장한 채
후손의 몸으로 깨어나다!**

만년 2위 검사 루크 슈넬덴
세계를 위협하던 마룡을 물리치며
정점에 이른 순간

이대로 그냥 죽어 다오, 나를 위해서.

라이벌인 멀빈 코넬리오에게 목숨을 잃……
……은 줄 알았는데,
200년 후의 몰락한 슈넬덴가에서 눈뜨다!
가족이라고는 무기력한 가주, 망나니 1공자뿐
망해 버린 가문을 살리기 위해
까마득한 조상님이 팔을 걷었다!

**설풍 같은 검술, 그보다 매서운 독설로
슈넬덴가를 정점으로 이끌어라!**